小文艺·口袋文库
小说

成为你的美好时光

小文艺·口袋文库

小说

目光愈拉愈长

东西

上海文艺出版社

目录

目光愈拉愈长
...001...

救命
...079...

目光愈拉愈长

1

刘井推了一把马男方的膀子,说你怎么还不起床,太阳已经照到你的屁股上了。马男方像一根木头在床上滚了一下,说你的手怎么这么冰凉?刘井说我能不冰凉吗?我从起床到现在已经挑了三挑水,煮了一锅猪潲,熬了一铫锅稀饭,我的手能不冰凉吗?我的手不冰凉才怪呢!这时太阳正穿过屋顶破烂的瓦片,照到马男方的屁股上,他像河马一样张开宽大的嘴巴,然后扬起宽大的手掌重重地拍打屁股。他像是拍打蚊虫又像是拍打阳光,噼噼啪啪的声音比放炮仗还响亮,似有一颗打不到蚊虫誓不下战场的决心。尽管他这么拍打着,已经在屁股上拍出几根香肠一样的手印,但是他还没有醒来,好像那只巴掌不是他的巴掌,那个屁股也不是他的屁股,好像是一个屠夫正在拍打案板上的猪肉。

刘井说今天太阳这么好,我们去把南山上的稻谷收了,如果再不收回来,它们就会全烂在地里,明年我们就没得吃的。马男方好像没有听见,他的鼾声竟然在大清早响亮起来。刘井想这哪里是农民的鼾声,这明明是干部的鼾声。马男方啊马男方,你打出了干部的鼾声,却没有干部的命运。马男方在床上又滚了一下,说我喝醉了。听他这么一说,刘井真的闻到了一股浓浓的酒味。刘井说你总是说喝醉了,好像喝醉了就可以不劳动,就可以睡大觉,就可以心安理得地剥削我,你就不能不喝吗?马男方扬手在耳朵边不停地扇着,仿佛要把刘井的声音赶跑。刘井知道现在要马男方起床,除非是太阳从西边出来。这么些年为了叫马男方起床,她差不多把嘴巴都说烂了。但是我不得不说,我要生活,我们全家都要生活,刘井嘟囔着,我先去南山的田里割稻子,中午你送饭给我,顺便跟朱正家借打谷机,叫上几个人把谷子全收了。马男方说好的。这一声马男方说得十分清脆响亮,有一点儿男人的样子。等刘井准备好镰刀背篓快出门时,马男方突然在床上叫了起来。刘井说你叫什么,有话你出来跟我说。马男方说现在我还不想起床,我喝醉了,我只是想问你一定怎么办?谁负责带一定?刘井说我带,现在我就把一定带上,这样我也有一个伴。

　　刘井站在门口喊一定,马一定……她的喊声刚刚落地,马一定就站在她的面前,手里捏着一团黄泥。他的脸上屁股上手上到处都是黄泥,整个人像是用泥巴捏出来的,而不是她从肚子里生下来的。刘井在马一定的屁股上拍了一巴掌,许多灰尘朝着她的鼻子冲上来,落在她的头发上。她本来是想把马一定身上的灰尘拍掉,但是现在她只不过是把马一定身上的灰尘转移到了自己的身上。她说一定我们走吧。马一定于是跟着他的母亲往南山的方向走去。他的手里仍然捏着那团泥巴。泥巴是他最喜欢的玩具。

八岁的马一定只有刘井的腰部高,他的头正好碰到他母亲的背篓底。他们每向前走一步,背篓就敲打一下马一定的头。刘井说一定,你在前面吧,你的头又不是铁做的,怎么经得起背篓的敲打。马一定说不。马一定不愿走在他母亲的前面,他一手捏着泥巴,一手拉着他母亲的裤子。

2

南山的稻田在五里地之外,路愈走愈长愈走愈小。山坡上除了虫子的叫声之外,没有一点儿多余的声音。太阳照着茅草和树木的头顶,肥大厚实的叶片像打破的玻璃,反射出细碎的光芒。那些被太阳照着的地方，很快就要烧起来了，并且发出奇怪的吱吱声。这种声音比虫子的声音更响，比人的声音更亲。刘井感到自己的裤子被什么咬了一下，脖子很快地扭了回去。她看见一定倒到地上。一定说妈，我走不动了。刘井蹲下来，说一定，你爬到我的背篓里来。马一定爬进他妈的背篓里，咿咿呀呀地叫喊着，不停地伸手去抓路边的树叶。他的手里除了那一团泥巴外，现在又多了一把树叶。他说妈，我要撒尿。刘井说撒你就撒。马一定站在背篓里，对着后面撒尿。他母亲一边往前走，他一边往后面撒尿，路上便留下一道淋湿的水痕。

刘井在稻田里割了一个上午，山路上仍然不见马男方送饭的身影，打谷子的人也没有来。她想马男方一定是睡过头了，或者又喝醉了。她的肚子里堆满气，并且发出一串古怪的叫声。她感到从来没有过的饿，像有一只长着长长的指甲的手，在她的肚子里不停地抓。她伸长脖子在田野里找一定，没有一定的身影。她叫一定……声音小得连她自己都听不见。她又叫了一声一定,一定从别人家已经收获过的稻草堆里钻出来,头上沾着几丝稻草。刘井说一定你饿了吗?马一定说我已经饿了很久了。刘井说饿了你先喝几口水,田角那里有一窝水,你先喝喝,一会儿你爸爸就给我们送饭来了。一定说我已经喝过好几次了,现在我的肚子里全是水,再喝肚子就会胀破。刘井说那你给我用树叶包一点儿水过来。马一定从稻田边摘了几张树叶,在水洼里给刘井包水。他刚把树叶从水洼里提起来,水就全漏光了。他又重新把树叶放入水中,这次他手里的树叶包住了一点儿水。他小心地拿着水走向刘井。刚走几步水又全漏光了,他把树叶扔在地上,说你自己过来喝吧。刘井说你怎么能够这样,你没看见我忙吗。既然你不给我包水,那你就来割稻谷。刘井把镰刀丢在田里,朝田角的那个水洼走去。她伏下身体看见自己额头上除了汗就是稻草皮。她把嘴巴放到水洼上拼命地喝了几口,感到肚子一片冰凉。喝水后,她感觉有了一点儿精神。她说一定,你怎么还不去割稻谷,你不要和你爸爸一样懒。你们都懒了,我怎么养活你们。

马一定拿着镰刀仍然站在那里。刘井说你实在割不了,你就过来给我捶捶背。马一定跑过来给刘井捶背。刘井闭着眼睛,说你猜猜你爸爸会给我们做什么菜?马一定说酸菜,除了酸菜还是酸菜。刘井说那不一定,也许我们家的鸡正好下蛋了,你爸爸会给你做个煎鸡蛋。

刘井和马一定到水洼边的次数越来越多,他们喝过之后便不断撒尿。刘井已经没有力气割稻谷了。刘井说马一定你回去叫你爸爸送饭来,你告诉你爸爸如果他今天不来收稻谷,明天我就跟他离婚。这已经不是第一次了,他太欺负人了。一个大男人整天躺在床上,靠一个女人养着,这算怎么一回事?

马一定提着裤子往家里跑。刘井说你要快一点回去,不要在路上玩,要快去快回。马一定嘴里哎哎地答应着。

刘井继续割着稻谷,她一边割一边想一定现在应该到枫木坳了,现在已经到紫竹林了,现在肯定进家了。马男方或许还睡在床上,我就算他还睡在床上。马男方还睡在床上不要紧,他本来就是一个靠不住的人。而一定是个聪明的孩子,他会把我的话转告马男方。听到离婚,马男方准会从床上跳起来。跳起来之后他就会记住要给我送饭,就会到南山来收谷子。即使马男方不跳起来,他喝醉了仍然睡在床上,一定也会从锅头里装好饭送给我。

刘井这么想了一次又一次,她故意放慢马一定行走的速度,在脑海里为马一定制造几个困难,甚至想象马一定刚刚出发,以便自己能够耐心地等待。但是等啊等,马一定还没有送饭来,马男方也没有来。她想我不能再这样等下去了,再这样等下去我就会饿死。她捆好一捆割倒的稻谷,放在背篓里,双手试了试重量,看了看回家的路程,然后又多捆了几把。她想回家的路程很远,而我的力气又只能背这么一点点。她看着那些割倒的稻谷,心里痛了一下。

3

刘井背着稻谷来到枫木坳。她看见马一定睡在一块石板上,马一定的脸上爬着几只蚂蚁。听着马一定均匀的鼾声,刘井心里一下就硬了。她大声吼道你原来在这里睡觉,你差不多把我饿死了。她扬手打了马一定一巴掌,马一定从石板上爬起来,摸摸被刘井打过的头部,好像突然记起了自己的任务。他说妈妈,我实在是走不动了,其实我和你一样饿。刘井的肚里一阵乱叫,她刚才喝下去的水现在直往外涌。她往地上吐了一口水,说我现在不想见你,你和你爸爸一个样,你们快把我气死了。马一定的眼睛里含着泪水,他很想哭但最终没有哭。

刘井背着稻谷往前走,马一定跟在她的身后。他们谁也不说话,默默地走着。走了好长一段路,刘井没有听到脚步声。她回头一看,灰色细小的土路上,没有马一定的身影。她放下背篓往回走,走了大约半里路,才发现马一定又倒在路边的石板上睡着了。她背着熟睡的马一定往前走,走到背篓边,她把马一定放下来,说走吧,现在你走在前面。马一定一边打瞌睡一边往前走,有好几次他差不多走到路坎下。走着走着,刘井突然听到马一定喊痛。刘井说哪里痛?马一定说脚。刘井现在才看见在马一定走过的路上,有几滴血迹。马一定的脚板磨破了。马一定站在说痛的地方,血还在流着。刘井说你为什么不穿鞋子?你出门的时候为什么不穿鞋子?马一定说我没有鞋子,从天气热之后,我就没有穿过鞋子。刘井说我不是不想给你买,只是家里没钱,现在你坐到我的背篓上来。刘井把背篓靠到土坎边,等待马一定坐到稻谷上。马一定看看刘井背篓里那捆大大的稻谷,摇晃着头说不。刘井说那怎么办呢?你又不上来,你又不能走。马一定说我能走。刘井说真的能走?马一定说真的能走。马一定像一只受伤的狗,提着左脚一歪一倒地走着。刘井看着他走出去好远,才跟了上去。

4

回到家里，大门敞开着，天上已经没有太阳了，几只鸡在屋子里走来走去。刘井看见马男方还躺在床上没有起来，屋子里的酒气比早上出门时还重。马男方好像醉得很厉害，连刘井回来他都不知道。刘井故意把声音弄得很响，马男方仍然不知道。刘井想现在我没有力气跟你吵架，等我吃饱了再收拾你。刘井揭开锅头，早上她煮的稀饭一粒不剩。炉子自她离开后没有人动过，猪潲也没有人动过。看到猪潲刘井才听到猪的嚎叫，现在猪的叫声比有人用刀杀它还难听。这么说马男方除了起来喝稀饭喝酒之外，一直躺在床上，刘井想。

刘井煮了一锅雪白的米饭，它把马一定的眼睛都雪白得痛了。刘井说一定，今晚我们比赛吃饭，能吃多少吃多少，别亏待了自己。刘井还没把话说完，马一定已经把头埋到了碗里。刘井说你也别吃得太猛了，如果自己噎着自己，那才亏上加亏。刘井慢慢地吃下三碗米饭，感到力气又回到自己的身体。她想现在要吵要打我都不会怕谁。她走进卧室，在马男方的膀子上狠狠地拍了一巴掌。马男方的身子抽搐一下，说你要干什么？是不是欠打了。刘井说打吧打吧，再不打你就没有机会了。马男方从来没有看见刘井这么强硬过，他睁开眼睛，有点不相信地看着刘井，说你要干什么？马男方的口气明显疲软了。刘井说我要跟你离婚。马男方说不就是离婚吗，我以为是什么大不了的事，离就离。马男方说完，又继续睡觉。

一个小时之后，马男方突然从床上爬起来。他说你为什么要离婚？你得找出个理由。刘井说还要找什么理由？你最清楚我的理由。马男方说我冤枉啊我冤枉。马男方叫喊着，跳跃着，好像有天大的冤枉无处申冤，一点儿也没有醉酒的痕迹。马男方说你的理由是不是我今天没有给你送饭？可是我告诉你，今天我病了，只要是人都会有病，你敢保证你没有病吗？敢不敢保证？打仗的时候抓到俘虏，如果俘虏有病都要关心他，何况我不是俘虏，而是你的丈夫。在你丈夫有病的时候，你不仅不关心你丈夫的病，而且还要提出跟他离婚，你有没有一点儿良心？你以为我不想给你们送饭吗，我不给你送也得给我的儿子送，当时我躺在床上想到你们还没有吃饭，心里比谁都急。只是我怎么也爬不起来，我当时一点儿力气都没有，真的，一点儿力气都没有。如果有的话，我就爬起来给你们送饭了。我不仅会给你们送饭，还会给你们杀鸡、煎鸡蛋。你想想天底下哪里还有这么好的丈夫？刘井说你的病除了懒，还是懒。你的这个病有好几年了。

5

第二天早上，刘井认真地梳了一回头，用香皂抹过脸，从柜子里找出一套平时舍不得穿的衣服穿在身上，然后对着床上的马男方说我先走啦。马男方说你走去哪里？刘井说去乡政府离婚。马男方说你真的要离？刘井说我说话算话，你是大丈夫说话更要算话。

刘井朝乡政府的方向走去。她的脑子里现在全是那些她昨天割倒的稻谷。她看见那些稻谷随着时间的推移正在腐烂。但一想到马上就要跟马男方离婚了，她浑身是劲。稻谷算什么明年算什么饥饿算什么？她离乡政府愈来愈近，离稻谷愈来愈远。在快要进入乡政府的时候，她回头看了一眼她走过的地方，没看见马男方。她想他是不是不来了？她站在街头等马男方。街市上基本没什么人，只有几个卖菜的和几个干部在街上走来走去。她从衣兜里掏出一面小圆镜，偷偷照了一下自己，没有发现不满意的地方。她看着自己满意的脸蛋，想马男方现在你知道我的厉害了，现在你要后悔了。她把镜子偏了一下，身后的土路也照到了镜子里。她看见马男方提着一只酒壶正从镜子里朝她走来。她张大嘴巴，吐了一下舌头。她想我为什么要吐舌头呢？难道我害怕了吗？我一点都不害怕。

他们在乡政府二楼找到民政干事谢光明。谢光明大约有四十多岁，头发已经秃顶。在刘井的印象中，他们结婚也是他给登的记。谢光明说你们要干什么？离婚，离婚干什么？是不是吃饱了没事干？是不是认为离婚好玩？是不是觉得乡里的事情太少了？首先我问你们，你们晚上在不在一起睡？在一起睡。在一起睡为什么还要离？你们还睡在一起这说明你们的感情还很好，感情不好的人会睡在一起吗？你们见过没有感情的人睡在同一张床上吗？没有。对吧，没有，绝对没有。所以你们不能离婚。还有你们有没有小孩？你们考虑过没有，离婚对小孩有多么大的伤害。小孩是跟爸爸呢或是跟妈妈，你们考虑过没有？没有考虑。没有考虑怎么来离婚？还有家产什么的都得考虑，你们把这些都考虑好了再来找我。刘井说谢干事，你说一张床是怎么回事？谢光明说就是说你们要离婚的话，两年之内不能睡在一张床上。刘井说我们家只有一张床，我们的儿子也跟我们一起睡。谢光明把手一挥说那就别离了。

　　他们从乡政府的二楼走下来，马男方竟然吹起了口哨。刘井说你别太得意了，离是迟早的问题，不就是两年吗，谢干事说只要两年不睡在一起，我们就可以离婚。从今天起，你睡你的我睡我的。马男方说想离，没那么容易，谢干事不同意我们离，你就别想离，还有孩子，我要他永远姓马不姓刘。刘井说你连自己都养不活，还有什么资格提孩子。刘井想还有两年时间，我还要被他剥削两年时间，还要为他种两季水稻、四次玉米。刘井突然想起田里没有收割的稻谷，那是他们的稻谷，既然没有离婚那就是他们一家人的稻谷，是全家明年的口粮。如果我知道是白跑一趟乡政府，还不如叫人去把稻谷收了。刘井挽起裤脚，开始往家里跑步前进。马男方站在小卖部打酒，他对着奔跑的刘井说马一定是属于我的，如果你愿意把马一定让给我，我就跟你离婚。刘井说君子报仇，两年不晚。

6

刘井手里提着镰刀，站在朱正家的门口。

朱正坐在堂屋抽烟，烟雾像一团乱麻缠着他的脑袋，而且愈缠愈大，好像他的脑袋正在生长。但是他的眼睛是明亮的，他能透过烟雾看见刘井的脸。他说刘井你的眼睛红得快出血了，你的镰刀磨得那么锋利，你是不是想把谁杀了？我们朱家可没有人得罪你。刘井举起镰刀说我想把马男方杀了。朱正说杀不得杀不得，他是你的丈夫。朱正从烟雾里走过来，夺下刘井的镰刀。

刘井借了朱正和朱正的弟弟朱木朗两个劳力，还借了朱家的打谷机。他们一行三人朝南山的稻田走去。朱家的兄弟抬着打谷机走在前面，刘井背着背篓提着镰刀走在后面，许多碰上他们的人都问马男方呢？马男方怎么不去收谷子？刘井说马男方已经死了。

等马男方从乡里回到村里，人们告诉他朱家的兄弟为他收谷子去了。马男方说去就去了，有什么大惊小怪的。中午，朱木朗送回来一担谷子，顺便回来拿午饭。马男方问朱木朗现在田里还有些什么人？朱木朗抹着汗水，张大嘴巴很久说不出话来。他的嘴张了很久,终于合到了一起。他说你让我喘一口气,你先让我喘一口气再问好吗?马男方看着朱木朗的这副模样,竟然笑了起来。马男方说你真不中用,我像你这年纪的时候,一天来回跑六趟也没有累成你这副模样,现在的年轻人愈来愈不像劳动人民了。朱木朗正在喝一大瓢冷水,他的脸和头全被瓢瓜盖住。当他听到马男方说他不像劳动人民的时候,他被水呛了一下,瓢瓜里没有喝完的水从他的两个嘴角流出,就像瀑布一样飞流直下。朱木朗说你像劳动人民你为什么不去收你家的谷子?为什么还要我们帮你收?要说不像你才不像。

马男方突然记起了刚才的话题,他再次问稻田里还有什么人?朱木朗说我哥,还有你老婆。马男方双手拍着屁股,像被人捅了刀子,原地跳起一尺多高。他在跳跃中张大嘴巴,做出一副要哭的样子,说你怎么能把他们两个留在田里?你这不是害我吗?你不是成心要使我们夫妻关系破裂吗?他们两个在田里不知道要闹出些什么名堂？你难道还不知道他们的关系吗？他们一直在找这样的机会，现在你把机会白白地送给他们了。这种机会用钱都买不来，打着灯笼都找不到。如果你给我这样的机会，我愿意出钱收买你。你为什么不让朱正回来，你留在田里？朱木朗说你不放心，现在你就到田里去。马男方说现在去还有什么用？那只不过是几分钟的事情，该做的他们已经做了，我去还有什么用？为了他们的几分钟，我要跑五里路。马男方看看天上的太阳，好像是在计算一下为了那几分钟跑五里路划不划算。马男方甚至站到阳光之下，朝南山的方向张望。他说现在一切都晚了，都没有办法补救了，你快一点儿回到田里去，最好是跑着回去，愈快愈好，否则他们会来好几个几分钟。那样田里的稻谷今天收不完，明天也收不完，后天也收不完，子子孙孙都收不完。

　　马男方对着朱木朗的背影喊朱木朗，你走快一点儿，你怎么有气无力的像一头瘟猪。你走快一点儿，我求你了。朱木朗带着刘井和他哥的午饭往南山方向走去。他故意放慢脚步，让马男方着急。他想要跑你自己跑，刘井又不是我的老婆，为什么要我跑步前进？

7

朱木朗走了大约半个多小时后，王桂林迈进了马男方家的门槛。王桂林的身上冒着热汗。他用一把树叶充当扇子，不停地给自己扇凉风。王桂林说这鬼天气，怎么这么热？马男方问王桂林刚才去了什么地方？王桂林说去南山看了一下我的稻田。马男方说你看见刘井和朱正了吗？王桂林不阴不阳地笑了一下，说怎么会没看见？马男方说你看见他们怎么了？王桂林又笑了一下。马男方好像被这一笑刺痛了，说他们是不是那个了？王桂林说我不知道，你自己去看一看吧，你一去什么都知道了。马男方说他们肯定那个了，你这么一说我就知道了。王桂林说我可没告诉你什么。马男方说不用你告诉，我要宰了他们。马男方说要宰了他们的时候已经从墙壁上拉下一把刀,在空中做了一个劈砍的动作,好像已经把他想要劈的人劈成了几截。王桂林说你现在就去劈他们?马男方说不,让他们把稻谷收回来了我才劈他们。

王桂林走后,马男方站在门口朝南山的方向张望,其实他什么也望不见,南山太遥远了,他只是这么望着心里才感到舒服。望着望着,他感到自己的脖子不够用了,脖子上的皮肤把他的咽喉勒得生痛,连出气都十分困难。这时他看见李民兵拿着一根长长的竹竿,从南山方向走来。他把竹竿举在手里,就像举旗杆那样举着,于是他手里的竹竿高出路旁的树木好一大截。有时竹竿会碰着树木横生的枝叶,李民兵照样坚强地直挺地举着,把挡住他的树枝扫断,许多树叶落到他走过的路上。李民兵渐渐地走近马男方,马男方看见李民兵举着的竹竿上刻着尺寸。马男方说你去了南山是吗?李民兵说去了,我去丈量我的稻田。马男方说你看见什么了?李民兵说我看见他们,唉,太不像话了。李民兵摇晃着脑袋,一直往前走。马男方想拦住他了解一些情况，但李民兵没有停下来交谈的意思。他说我没你那么闲，我还要去北坡量我的地。李民兵手里的竹竿仍然高高地举着，在走过屋角时，碰落了马男方屋檐上的一片瓦。

又过了一个多小时，太阳往西边下落一竹竿，马男方看见赵凡骑着一匹枣红色大马，走过他的门口。拴马的绳索稍长，所以赵凡就着绳索的长度骑到了马屁股上。赵凡说我刚买了一匹好马。马男方说你路过南山时看见什么了吗？赵凡撇撇嘴，什么也没说就晃了过去。整个下午南山的消息源源不断地到来，马男方想他们由暗示到不说话，事情已发展到不必说话的地步。赵凡连话都不想说了，可见事情是多么的严重。马男方爬上屋顶，站在瓦梁上。他的脖子愈伸愈长。他想我就不相信看不见你们。他的目光越过山梁，看见朱正和刘井钻进稻草堆里，看见刘井肥大的臀部，听到刘井发出被捅了刀子似的嚎叫。他还闻到了禾秆和新谷的气味。马男方终于看到了这么一个答案，他的眼睛一黑，双腿一软，跌坐在瓦梁上，差一点就从屋顶上摔了下来。

8

马男方从火坑里钳出一块烧红的铁板，在刘井的眼前晃动着，说你跟朱正到底那没那个？铁板由红色变为暗色，这已是马男方第三次举起铁块了。刘井说我已经说过了不知多少遍，没有就是没有，你难道要我睁着眼睛说瞎话吗？马男方把铁块往前靠近一步。刘井已感觉到铁块的热气，正烙着她的某个地方。马男方说我就不相信你比共产党员还坚强，你再不说我就下手了。刘井的脸往前动了一下，说来吧，你下手吧，即使你杀了我，我也没和朱正那个。马男方想你是不见棺材不掉泪，不被火烧不承认。马男方把铁块朝刘井的大腿按下去，一股焦味自下而上，刘井发出一声惨喊，倒在地上，被铁块烙过的那条腿抽搐着，像一只垂死的鸡那样抽搐。马男方说现在你还说没有吗？刘井的眼睛和嘴巴紧紧地闭着,仿佛马上就要死了。马男方把一盆冷水泼到刘井的身上。刘井慢慢地睁开眼睛,说没有就是没有。说完,她又闭上眼睛,痛得连睁开眼睛的力气都没有了。

夜已经很深,刘井还没有从地上爬起来。马男方坐在一旁看她,他看得眼皮叠上眼皮,最后他睡了过去。到了后半夜,马男方被刘井的哼哼声吵醒,他问她你们到底那个没有?只要你告诉我实话,我就会放过你。刘井的嘴巴尽管动着,但发不出一点儿声音。马男方把她的手和脚捆住,把她的头发悬在梁上。他说你什么时候招了,你什么时候叫我。你不招我也知道,只有你们两个在田里,就像干柴和烈火,岂有不那个之理,是我,都忍不住会那个,何况是你们。马男方扔下刘井,躺到床上睡大觉去了。

马男方和马一定几乎是同时醒来的,他们听到刘井喊一定,快来救我。马一定翻身下床,被马男方抓了回去。刘井听到马一定在卧室里哭。马一定哭着说爸爸你为什么要捆我,你为什么要捆我？马一定被马男方用绳子捆到床上，他不知道刘井出了什么事。马男方说你是我的儿子，现在你不要浪费你的眼泪，现在我不准你哭。听见了吗，不要哭，你的每一滴眼泪都是马家的。她早已不是你的妈妈了，她的儿子姓朱不姓马。马一定的哭泣声渐渐消失，他在哭泣声中睡了过去。

马男方听到刘井说，姓马的你给我松绑吧。马男方说我为什么要给你松绑？刘井说我招，我都快要死了，我想我还是全招了。马男方给刘井松绑。刘井晃动着脖子，说你把我扶到椅子上去。马男方哎了一声，把刘井扶到椅子上。刘井说你去找药来敷一敷伤口，现在我的伤口还像烧着那样难受，连出气都痛。马男方说痛是没得说的，不说是你，就是我们大男人也会受不住。马男方一边说着一边在柜子里找草药。他把找出来的草药捣细，敷到刘井的伤口上。他说如果你早一点招，就不会受这么多苦。刘井说如果我知道你对我这么好，我早就招了。马男方说那么说你们那个啦？刘井说那个了。

马男方右手握成拳头,打了一下自己的左手掌。他说你终于招了,嘿嘿,你还是招了,嘿嘿。

马男方从地上跳起来,他突然意识到问题的严重。他说这不公平,这一点儿都不公平,你们都可以那个,我为什么不可以那个?你们这是欺负我。从明天起我也和你们一样,跟别人那个。刘井说你只管那个,我没有意见,我绝对不会,像你这样用烧红的铁块,去烙你的大腿。马男方说真的?刘井说真的。

9

马男方从床上爬起来的时候,天还没有完全明亮。马男方伸头看看窗外,门前的那条土路已经灰得像一条带子,飘动着召唤他上路。他带着一本算命书和他的酒壶拉开了大门。刘井被大门的呀呀声吵醒,她说马男方,你要去哪里?马男方说我要去找女人,去做你和朱正做的事情。刘井说你能不能晚两天再去?马男方说我为什么要晚两天再去?刘井说我不是不让你去，我绝对没有这个意思，只是我的伤口还没有好，我还不能下床行走。你能不能等我的伤口好了再去，这种事情也不在乎一天两天。马男方说我一天也不能等了，我恨不得现在就那个。我如果把你服侍好了再去，那你不是太幸福了吗？你做了这么好的事情，还不想付出一点儿代价，那是不可能的。我如果现在不走，那就太便宜你了。

马男方就这么走了，他没有洗脸没有关上大门。刘井感到他走的时候门口特别明亮，等他的脚步声消失，灰蒙蒙的天空又合拢起来，挡住了马男方远去的背影。

这天中午，刘井想爬下床做饭，但她那条被烙伤的腿像不是她的腿，一点也不听她的使唤。她只好用嘴巴指挥马一定干活。她说一定你先把水烧开。马一定说什么叫把水烧开？刘井说就是用火把锅头里的水烧得滚动。马一定说妈，现在水已经烧开了。刘井说你往锅头里倒上一碗米。马一定说我已经倒了。刘井说现在你不停地用铲子搅拌锅子里的米。马一定说现在我已经搅拌米了。刘井说现在你把锅头盖好，等锅子里的水再滚了，你就把水舀出来，舀到锅里只剩下一点水为止。马一定说一点水是多少？刘井说高出米一筷条。马一定说然后呢？刘井说然后你把火弄小，让火慢慢地把饭烤熟。

厨房里没有一点声音，马一定坐在火炉旁看那些明亮的火子，静静地烤着锅底，锅底被火子烤红了。马一定说妈现在饭已经熟了。刘井说你从坛子里掏出几颗酸辣椒。马一定说我已经掏出来了，它们都是红的。刘井说你这么一说，我就想吃饭了，现在我的口水都流出来了。马一定说我马上把饭送到你的床头去。刘井说你送进来吧。马一定舀好一碗饭，准备送进卧室。刘井突然叫道一定，你先把饭放下，给我送一只尿盆进来，我的尿胀得很厉害。马一定送了一只尿盆进去。刘井说不行，你还是帮我拿一根拐杖来。马一定说你要拐杖干什么？刘井说我要上厕所。马一定说我不是给你拿盆了吗。刘井说我不习惯，我非上厕所不可。马一定找来一根拐杖，刘井慢慢挪到床边，差点就从床上跌了下来。

刘井拄着拐杖往前挪动，她那只烫伤的右脚不敢使劲。只要那只脚触到地面，她的嘴角就像被什么刺了一下，夸张地咧开。她的拐杖摇晃了几下。她站在原地一动不动。她丢掉拐杖把手扶到马一定的肩膀上，这让她多少有了一点安全感。现在马一定成了她的拐杖，成了她的右脚。她每向前迈一步，马一定就要咧一下嘴角，嘴里发出咝咝声。刘井不知道马一定摇摇晃晃的肩膀能够支撑多久，但是她又不得不上厕所。她想还是走一步算一步吧。刘井说一定，你的肩膀受得了吗？马一定说受得了。马一定说受得了的时候，双腿晃动着像是被风吹得快要倒下去的禾草。他们就这么摇晃着，朝厕所走去。刘井一边走一边说都是你爸爸作的孽，你爸爸不是人，他连禽兽都不如，怪只怪我没有给你找到一个好爸爸。

10

　　一个时期内,马一定成了刘井形影不离的拐杖。刘井常常让这根拐杖带着她来到大门口乘凉。他们望着门前灰白的土路和那些远处的山,一句话也说不出来或者一句话也不想说,而且这样一望就是一个下午。刘井说马一定你玩一玩泥巴吧。马一定说我不玩。刘井说你不玩泥巴干什么?马一定说不干什么,就陪你这么坐着。刘井说你的爸爸不知道到哪里去了,你猜你爸爸现在在干什么?马一定望一眼山那边的村庄,村庄传来一阵孩子们的喊叫,像是送给他们一个模模糊糊的消息。马一定说我怎么知道他在干什么?刘井说如果我嫁的不是现在你这个爸爸,而是一个勤劳的爸爸,那么我们的生活说不定会和现在不一样,说不定会和皇帝差不了多少。那样你既可以读书,我也不用下地劳动,你是少爷我是太太,一定,你说那样的生活会有多好?马一定说我想读书,我做梦都想读书,但是我们没有钱。刘井说这事都怪你的外公,因为你的外公喜欢喝酒,所以他把我嫁给了一个酒鬼。

一提到外公,马一定就朝村外跑去。刘井看见他跑的时候,那件没有扣好的黑衣服往身后飞了起来。他像一只鸟那样飞了起来,双脚几乎离开了地面。刘井只看到他在跑,却看不清他是怎么样跑。刘井对着他的背影喊一定,你要到什么地方去?从土路上吹过来一阵风和一片尘土,风和尘土把马一定的声音灌进刘井的耳朵。刘井听到马一定说我要去找外公。刘井的目光跟随马一定的背影跑了一里多路。马一定站在外公的面前,说外公你是一个坏人,我和我妈都恨死你了。你为什么把我妈妈嫁给一个喜欢喝酒的,你为什么不给我找一个好爸爸?如果你不把妈妈嫁给我爸爸,我们就会过上皇帝一样的生活,我就会有钱读书,我现在就不用光着脚板走路,你就会有好多酒喝。外公,我们现在后悔都来不及了,我们现在无比地恨你,恨得我都不想喊你外公。马一定看见外公坟墓上的青草，像老人们长长的胡须在风中摆来摆去。外公只不过是一堆泥巴，他在几年前就变成泥巴了，现在他根本听不到马一定的声音。

渐渐地刘井看见出村的道路上，有几个稀稀拉拉的人在走动。他们肩扛农具背着水壶，从劳动的地方归来，脸上沾满黄色的泥巴。只有极少数人穿着崭新的衣服，迈着平时不迈的细小步伐，由里向外走去。一天又一天，在一个迷迷糊糊的秋天下午，刘井看见一个人来到门口，放下肩上的担子，说刘嫂借一口水喝。他的担子里装着斧头、刨刀、凿子、铅笔、磨刀石、圆规、木尺等用具，刘井由这些用具想起木匠，由木匠想起聂文广这个名字。刘井说文广，你去哪里做木工回来？聂文广的嘴里含着瓢瓜，他听到了刘井的询问，却不能回答。他的喉结上下移动着，把水快速地送进食道，像是好几天没喝水了。喝饱水后，他长长地出一口气，说水还是家乡的甜。刘井说你尽管喝吧，这些水都是一定用盆一点一点地端回来的，我有好长一段时间都不能干活了。聂文广抹了一把湿漉漉的嘴皮，说对啦，我在太阳村做木工时，看见你们家的马大哥了。刘井问他，马男方在那里干什么？聂文广说好像也没干什么，好像在给别人算命。我不太清楚他在那里干什么，他只待了三四天就离开了那个地方。他说如果我回家的话就向你们问好，就说他过得很好。刘井说他还说了些什么？聂文广说他再也没对我说什么了。

第二天，兽医苟日给刘井带来了关于马男方更确切的消息。苟日说马男方的身边多了一个女人，好像是老凤山王恩情的大女儿王美兰。他们手挽手从这个村走到那个村，给别人算命，其实那哪里是给别人算命，分明是在骗人家的吃。我在好几个村子里与他们相遇，转来转去总碰在一起，世界真是太小了。我看见他时，都为他感到脸红害羞，都不好意思认他做老乡，但是他却无所谓，照样和那个女的手拉手，从这个村庄走向那个村庄。有时他们就在路边……简直太不像话了。我都不忍心说给你听。刘井说说吧,我不会怎么样的。苟日说还是不说的好。刘井说你既然说了一半,为什么不把情况说完?要不说,你就应该一点儿也不说。现在我只听了一半,就像饥饿的人只吃了半碗饭,你却把他的碗抢走了,这还不如当初不给他吃,还不如当初一点儿也不说。苟日闭紧嘴巴,生怕嘴里再漏出点儿什么。刘井说你难道要我给你磕头吗?

刘井真的想伏在地上给苟日磕头,但是她那只受伤的腿仅仅能让她身子动一下,就再也不理睬她了,她的腿无法实现她的想法。苟日被刘井的举动吓了一跳,转身欲走。刘井说一定,你抱住苟叔叔的大腿,千万别让他走了,除非他把他知道的全部说出来。马一定追上苟日,双手像铁夹子一样抱住苟日的大腿。苟日每想前进一步,就必须用马一定抱住的那条腿把马一定从地上抬起来,这样走了三步,马一定愈来愈重,他的腿愈来愈沉,再也走不动了。苟日说马男方要我告诉你,他回来后就跟你离婚。这也不是什么好消息,为什么一定要我告诉你？刘井呜的一声哭了，眼泪从两个眼角涌出，像是天空突然被划破了口子，雨水大颗大颗地掉下来，就像血脉被刀片割断，再厚的棉花也被浸透。苟日说不能怪我，是你自己要我告诉你的，这不能怪我。马一定，你把手松开，去看看你妈妈，她怎么哭了？马一定把手松开，听到他妈妈哭着说，他不配，他不配做爸爸，也不配做丈夫。苟日回头看了一眼，撒腿便跑，好像有谁用刀子抵住他后腰，愈跑愈快。路面扬起一行尘土。

11

刘井常常坐在门口往远处看，有时天边白得像纸，那些飞过的雁或鸟就像是写在纸上的消息，让她的眼睛愉快心情愉快。有一天下午她终于睡过去了。她用手撑住脑袋，口水从她的嘴角不自觉地流出，舌头在嘴唇上舔来舔去，好像是在梦中吃到了什么好东西。有一个人走到她面前，叫了她一声嫂子。她没有听见。来人再叫了一声嫂子。刘井睁开眼睛,看见马红英站在她的面前,她弯着腰,身上挂着三个旅行包,头发上全是汽油的味道。刘井想站起来牵住她的手,但是刘井的腿晃荡着,怎么也站不起来。马红英说嫂子你怎么了?刘井挽起她的裤管,露出烫伤的大腿。在马红英看到她伤口的瞬间,她的眼泪哗哗地流出。红英呀,她说,你终于回来了。马红英说这是怎么搞的,伤口都化脓了,也不去医一医?是谁把你搞成这样?刘井说还有谁?除了你哥哥,还会有谁?

马红英从衣兜里掏出两张大钱递给刘井,说你快到医院去治治你的伤口吧。刘井把钱推回来,说怎么能要你的钱呢?这是你打工的钱,是你用汗水换来的,我怎么能要呢?伤口烂了还会长出肉来,但是钱花出去就再也回不来了。马红英和刘井把钱推来推去,像是在较量她们的手劲,那两张钱差不多被她们的手揉烂了。马红英的手最终软下来,她捏着那两张皱巴巴的钱,从张家走到赵家,从赵家走到李家,从李家走到朱家,她要请人把她的嫂子抬到乡医院去。

　　朱家兄弟做了一副担架，跟着马红英来到刘井面前。刘井看见担架，问是谁叫你们做的？朱正说马红英。刘井说她给你们多少钱？朱正说二十元。刘井说你们回去吧，医院我不去了。马红英说为什么不去？刘井说我的药费都用不到二十元，何必要坐担架呢？马红英说那你怎么去医院？刘进说让一定扶着我去。马一定像一根拐杖，被刘井捏在手里，他们都拒绝坐担架，开始往乡医院的方向走。朱木朗扛着担架跟在刘井和马一定的身后。朱木朗说钱已经付过了，我们是不会退的，你不坐白不坐。刘井他们走得很慢，她每向前迈进一步，马一定的牙齿就会打一次颤，走了大约一百米，马一定快支持不住了，他像一根即将被折断的拐杖，在刘井的手里晃动。刘井坐到路边的草地上伸伸腿，说朱木朗，你回去吧。朱木朗说即使扛着空担架，我们也要走到乡医院再走回来，做人就讲个信用。刘井说我不坐你们的担架，你把钱还给她。朱木朗说那是不可能的，担架我们编了差不多一个小时,现在不是我们不抬你,而是你自己不愿坐。不坐担架的责任在你,不在我们,如果你怕吃亏的话,就赶快坐上来。刘井说早知道你们不退钱,我就不走这一百多米。朱木朗把担架放到地上,说现在你后悔了吧,后悔还来得及。刘井坐到担架上,说你们让一定也坐上来吧,这孩子为我受了不少苦,你们也给他享受享受。朱木朗说两个太重了,我们抬不起,除非你叫马红英加钱。刘井望着担架下的马一定,说一定,等我有钱了,专门请人给你做一副担架,把你抬来抬去。

朱正在前,朱木朗在后,他们把刘井抬起来。马一定没有担架高,他走在担架的下面,远远看过去,好像是三人抬着一副担架往前走。刘井说一定,你一定要记住,马家没有一个好人,只有你的姑姑马红英对我们好。你一定要记住,是谁给我们请担架哎,是姑姑马红英;是谁给我们医伤口哎,是姑姑马红英。你一定要记住,这个世上没有几个好人,有的人他占了你的便宜还要收你的钱。

一个星期后刘井出院。马红英和马一定到山坡上采了一大堆野花。他们抱着野花往乡医院走。野花撑着马一定的下巴，他一手抱着野花，一手提着下滑的裤子。直到把花递给刘井，他的一只手才解放出来。

马红英说嫂子，不给一定读书实在是可惜。刘井说我没有办法，我连钱的一个角角都拿不出来。你又不是不知道你哥哥，他好吃懒做，找不出一分钱来给一定读书。一定摊上这样一个爸爸真是倒霉。我恨不得跟你哥哥离了。马红英和刘井一边说一边由乡医院往家里走。马一定走在前面，他一手抱着野花，一手提着下滑的裤子。

晚上，马红英给刘井一个信封。刘井说这是什么？是谁写来的信吗？马红英说不是信，是钱。刘井说你为什么要拿钱给我？马红英说我要把一定带走。刘井说你要带他到什么地方去？马红英说带他到城里，让他读书，我不能眼睁睁地看着你们把一定的前途给毁了。刘井说带你就带，干吗要给我钱？我又不是卖儿卖女。马红英说钱也不多,你收下吧,我知道你现在很困难。你拿这钱去买一条裤子,你的裤子已经破了好几个洞,它已经不能为你遮羞。刘井拍拍自己的裤子,说这有什么可羞的,脱了衣服人和人都一样。马红英把信封留在桌子上,说不一样,绝对不一样,你还是去买一条裤子吧。我明天就走,再拖一天就超假了,只要一超假就不能在厂里打工了。

刘井打开信封,看见信封里装着五十元钱。她把这钱缝在马一定的衣兜里。她一边缝一边说,一定,你的姑姑真是个好人,像她这样的人,现在打着灯笼也难找。你跟着她将来有吃有穿有文化,说不定还会当上大官。如果你有钱了,就给妈妈做一幢房子;如果你当官了,就让妈妈到你的单位去扫地。这五十元钱我把它缝在你的衣兜里,不到关键的时候不能用,不能因为嘴馋而用了,不能因为玩具而用了,除非是生病或者是姑姑不理你的时候才能用。尽管她是你的姑姑,但她毕竟不比妈妈亲,久了她也会讨厌你,会生你的气,会打你。但是无论怎么样她都是为了你好,你不要惹她生气,听她的话,跟她走。她指到哪里你走到哪里,她叫干什么你就干什么。马一定说我走了你怎么办,谁跟你讲话谁扶你走路谁跟你去南山收谷子?我不跟姑姑走,我宁可不读书也不跟她走。

第二天早晨天还没亮,刘井就被马红英叫醒了。刘井伸手去摸马一定,床上空空荡荡的,马一定已经不见了。刘井想天都还没有亮,一定会去什么地方呢?刘井一边穿衣服一边叫马一定,等她穿好衣服时,仍然没听到马一定的声音。于是来不及洗脸的刘井站在门口对着大路喊,对着高山喊,对着森林喊:一定,你在哪里呀,你在哪里?你别错过了这样的好机会,你会后悔一辈子的。你难道不想发财吗?你难道不想升官吗?如果不是你姑姑这么好心,你会有这样的机会吗?其实我也舍不得你,但是为了将来,为了你好,我不得不这样。你快出来吧,再不出来就误了你姑姑的时间,她就去不成广州了。

村庄静悄悄的,只有刘井的声音被夸大了

好几十倍在空中飘荡。等她的声音一停,村庄里什么声音也没有了。马红英说他再不出来,我就要走了。刘井说你再等一等,我去把他找出来,他一定躲到牛棚里去了。

　　刘井发现马一定睡在牛棚上的稻草堆里。她把他从牛棚里抱出来,他仍然熟睡着。他试图睁开眼睛,但像有什么东西粘住了他的眼皮,无论怎么努力也睁不开。马红英说嫂子,你把他放到我背上来,我背着他走。刘井说这怎么行?你还要拿行李。这个仔好像一夜没睡,现在刚刚睡着,还是我背着他送你一程吧。马红英说等会儿他醒来看见你,他又不走了,还是我背着他走。刘井把马一定放到马红英的背上。马一定的脑袋在马红英的背上晃来晃去。天愈来愈亮,他们的脑袋愈晃愈远。他们的脑袋愈远刘井看得愈清晰。渐渐地他们的脑袋变成了一个脑袋,马红英的行李包再也不飞起来落下去了。刘井看不见他们了。刘井踮起脚后跟,才又看见他们的背影。他们继续往前走,他们愈来愈小。刘井向前跑了几步,站在一个土坡上。他们的背影又清楚起来。现在她可以看着他们走很长的一段路。终于,他们转了一个弯,从刘井的目光里彻底消失。刘井说一定,你就这么走了,你连一句话都没有跟我说就走了。

12

突然,刘井看见路的尽头出现了一个小黑点,在小黑点的后面出现了一个大黑点,两个黑点都朝着她飞跑过来。她知道那个小黑点是马一定,那个大黑点是马红英。刘井手里捏着一根细小的鞭子,站在大路的中间。凉风穿过她破开的裤洞和头发,她的手上一片冰凉。马一定的面孔愈来愈清楚了,刘井听到他叫了一声:"妈……"看见他正扑向自己。刘井闭上眼睛,举起鞭子狠狠地刷去,马一定发出一声叫喊,转身跑开。刘井举着鞭子追赶马一定。马一定往他跑过来的方向跑。他一边跑一边回头,双脚被鞭子抽得一跳一跳的,好像路面成心不让他落脚。刘井说你为什么要回来?你爸爸是个懒汉，是个酒鬼，我都不想跟他过一辈子，你还想跟他过一辈子吗？你爸爸从来不下地劳动，你回来喝西北风吗？你不是我的儿子，你给我滚。如果你是我儿子的话，就不要回来，就去过你的好生活，就去读书去发财。刘井在说这一连串的话时，始终没有睁开眼睛，她害怕一看见马一定心就软。她的鞭子上下横飞。马一定站在路上再也不跑了，他像承受雨点一样承受着刘井的鞭子。终于刘井听到了哭声，她的鞭子刷到了马一定的眼角上。马一定用手掌捧着眼角，离开刘井往前走，紧追而来的马红英拉住马一定再一次离开。刘井说你滚吧，你给我滚得越远越好。刘井听着哭声慢慢地变小变细，以至消失，但她始终不敢睁开眼睛，她像盲人一样捏着鞭子一动不动地站在那里，站了差不多一个上午。

　　刘井对着这个上午从她身边走过的每一个人说，如果你们碰上马男方，那么你们给我告诉他，他的孩子跟他姑姑去城市去了。

13

第二年春天,当山上的树叶和青草全都长起来的时候,刘井的脸上也开始有了红色。她在另一间屋子里铺了一张小床,跟马男方过着分居的生活。她相信只要分居两年,就能跟马男方离婚。一天中午,她看见屋角的那棵李树上挂了许多青色细小的李果。她的嘴里突然冒出好多口水。她想吃那些没有成熟的李子。她爬上李子树去采摘它们。她只吃了一颗,就被李子酸得咧开了嘴巴,感觉李子已酸到了牙根。她正准备下树,忽然看见一个警察朝村子走来。警察一边往村子里走一边吹着口哨,还一边摇晃着手铐。警察警察你拿着手枪,口哨口哨你吹得嘹亮,我没有偷也没有抢,我不怕你的手铐也不怕你的枪。

刘井呆呆地站在树桠上忘了下来,她被人民警察的身材口哨大盖帽吸引。她折断眼前的树叶,看着警察的步伐和他身上摆来摆去的挎包。警察来到她家门口，眼睛往四周望了望，像是观察地形。他看见刘井站在树上，说这是马男方家吗？刘井的身子突然抖动起来，像是被警察的声音吓怕了。警察又问了一句，这是马男方的家吗？刘井说是的，你找他干什么？他犯了什么错误？警察说你是谁？刘井的身子抖得更加厉害。刘井说我是他的老婆。警察说叫什么名字？刘井说叫刘井。警察说我告诉你，不过你先下来。刘井往树上缩了一下，说我不下来，你要干什么？你要抓我吗？如果是马男方犯错误，你可不能抓我。警察说我怎么会抓你呢，我只是要告诉你一个消息。刘井说什么消息？是好消息或是坏消息？警察说你先下来，我才告诉你。刘井说我不下来，你不先告诉我我就不下来。你别骗我了，你肯定是想抓我。警察笑了一下，说我骗你又没有什么好处，我干吗要骗你，下来吧，刘井同志，下来吧。警察甚至向刘井伸出了一只手。

说不下来就是不下来，我说话算话，刘井抱住树枝看着警察说。警察说那么好吧，你们是不是有一个儿子，叫……警察翻了一下笔记本，咳了一声接着说，你们是不是有一个儿子叫马一定？刘井说他怎么了？警察说他被一个名叫马红英的拐卖了。刘井眼前一黑，从树上栽了下来。

14

从邻村赶回来的马男方冲进家门，说什么什么，一定被谁拐卖了？你为什么让他被拐卖了？你是不是故意让他被拐卖的？马男方在屋子里走来走去，想找点儿事情干干，他想我应该惩罚一下刘井，她怎么敢把我的儿子卖掉？他从屋角拿起一根棍子，来到刘井的床前，说我要把你的身子戳烂。刘井张开大腿躺在床上，说戳吧戳吧，我早就希望有人戳了，有人戳了我会好受一些，我早就希望有人戳了。是我卖了一定，他本来不想跟他的姑姑走，是我用鞭子把他赶走的。我打伤了他的眼角，还叫他滚，滚得越远越好。可是谁会想到他的姑姑会卖掉他？

马男方丢下棍子朝乡政府跑去。他的屁股上晃动着一只酒壶，他跑得越快，酒壶飞得越高。很快他就坐到了乡派出所的门口。他对着所里唯一的警察说，你把马红英给我抓回来，我要拿她下油锅，要拿她来点天灯，要拿她来喂狗，要拿她来给所有的男人强奸。警察说她已经被关到笼子里去了。但是她毕竟是你妹妹，你真的舍得给别人强奸？马男方说可是她把我的儿子卖了，她做得初一，我做得十五。警察笑了笑，说你先回去吧，有什么消息我会及时告诉你。马男方说你不把我的儿子找回来，我就不走。马男方干脆睡到了地板上，他说你快点儿给我找啊。警察说我去哪里找去？马男方说你不去找你不是白拿国家的工资了吗。我们每年都要上缴公粮，你吃了我的公粮，为什么不去给我找孩子？马男方说着说着慢慢闭上眼睛，他不知不觉在地板上睡着了。

马男方醒来时，天已经完全黑了，街上除了有两只狗走动外，已没有其他动物。他拍拍派出所的门板，里面没有任何反应。汪警察不知道到哪里去了。马男方骂了一声，便开始摸黑回家。还没有进村他就对着村子喊刘井，我回来了，现在我一点都看不见，我的眼睛黑黢黢的什么也看不见，你快点拿手电筒来接我，听见没有，快点来接我。他的喊声不仅刘井听见了，村子里的人都听见了。刘井以为马男方找到了马一定，立即跟赵凡家借了电筒去接马男方。好多人从自己家钻出来，站在村头观看。马男方从人群中穿过，好像是一位刚从战场上归来的英雄，还对着大家挥了挥手。找到了吗？找到了吗？周围全是找到了吗的声音。马男方只挥手，一句话也没说，脸上挂着十分生动的悲伤。

刘井说怎么样了，有消息吗？马男方说有，但我不会告诉你，除非你给我煎一个鸡蛋。刘井说现在我就给你煎鸡蛋，我知道你忙了一天也该喝一杯。一阵油的尖叫之后，屋子里飘扬着鸡蛋的味道。马男方开始用煎鸡蛋下酒，喝了起来。他一边喝一边说我已经跟汪警察说过了,要他把马红英找回来,我要拿她来下油锅,要拿来她来点天灯。他说一句话就狠狠地喝一口酒,仿佛已把马红英下了油锅。刘井说那一定呢,有没有一定的消息?马男方说我已经跟汪警察说了,一有一定的消息就立即跟我们讲,他现在就在跟外面联系,说不定明天就有消息了。

第二天,第三天,一天又一天,马男方从不下地干活,每天都到乡派出所门口睡觉。汪警察进出的时候总会用脚轻轻地踢他一下,说喂,起床喽。马男方睁开一道眼缝,接着又睡。汪警察说你总这样睡也不是个办法,你先回去吧。马男方说不,我不回去,我要等我的儿子。每次说到这里,他总会用力地哭几声,并流下几滴眼泪。马男方就这样不停地给刘井带来消息。马男方说睡到我的床上来。刘井说我们还是各睡各的好,我们已经分睡了那么久,现在睡到一起,前面的分睡不是没有用了吗?早知道今晚要睡在一起,又何必当初呢。刘井这么说着的时候,已经来到马男方的床前。马男方说上来吧。刘井说你先告诉我消息，我才上来。马男方说不，你先上来我再告诉你。刘井说上来就上来，这床本来就是我的，我又不是没上来过。马男方说汪警察说了，只要能找到的，他们都会设法找到，万一找不到他也没有办法。

马男方说汪警察今天打了三次电话，都是说一定的事情。

马男方说汪警察是个好人，他今天给我喝了一杯酒。

马男方说那些干部都很同情我，他们下班的时候总问我找到了吗？就像问我吃过了吗一样。

刘井从床上爬起来，说这些消息都没有用，我跟你白睡了好几个晚上，明天晚上我要回到我的床上去。我的一定，你的消息怎么一点儿都没有？刘井坐在床上又哭了起来。她哭的时候没有眼泪，她已经没有眼泪了。

15

刘井睡到自己的床上。马男方每晚回来看到的是刘井紧闭的房门。马男方拍打刘井的门板,说开开门吧,刘井,你给我煎鸡蛋,你睡到我的床上来,我有重要的事情告诉你。刘井说你不会有什么重要的事情告诉我,你每天只不过是去派出所门口睡觉,他们已经全部告诉我了。马男方说不过今天确实有重要的消息。刘井说那你说吧,说出来看是不是重要。马男方说你得先打开你的房门。刘井说我不会打开。马男方说你真的不打开?刘井说真不打开。马男方说那我可要说了。刘井说你说吧。马男方说汪警察说他们已经把一定的眼珠挖出来卖掉了。刘井像是被刀子戳了一下,从床上滚到地上。马男方似乎已听到刘井跌到地上的声音。马男方说他们还砍断了一定的一只手。刘井感到心脏紧缩,呼吸困难。她试图站起来,但只站起半条腿又跌倒了。马男方又一次听到刘井跌倒的声音，而且这次比上次跌得更响，好像连脑袋都撞到了地上。马男方说然后他们每天把一定放在城市最显眼的地方，让他讨钱。讨得钱以后，他们把钱全装进他们的口袋，一定吃不饱穿不暖，一天一天地瘦了，现在瘦得就像个猴子。房门无声地打开，刘井像一根木头从屋子里跌出，像一根木头横躺在地上。刘井躺了好长一段时间才醒过来，她说马男方你不要说了，我的气已经出不来了，我的胸口快要裂开了。

刘井从地上爬起来，朝乡政府走去。她没有借电筒也没打火把，只走出村庄几百米就跌下路坎。她感到头被什么敲了一下，然后什么也不知道了。等她知道的时候，她觉得额头冰凉，伸手一摸是湿漉漉的血。休息一会儿，她又开始往前走。她不停地走不停地跌，在两公里长的路上，一共跌倒十次。当她扑到汪警察的门上时，她已经没了拍门的力气。战士死于战场，刘井倒在汪警察的门口。刘井没说一句话就晕倒了。

第二天早上，汪警察开门时被刘井吓得往

后退了一步。汪警察说怎么了，你怎么了？谁打破了你的额头？刘井说汪警察我问你，马一定是不是被别人挖了眼睛？是不是被别人砍断了一只手？是一只还是两只？是不是在为别人讨钱？汪警察说是谁告诉你这些？刘井说是马男方。汪警察说真是岂有此理，我对他说在国外，有的坏人简直不是人，他们买到儿童后就像你刚才说的这么干。我们是社会主义国家，怎么会有这样的事？何况我们还没有马一定的消息。刘井说你说的都是真的？汪警察说看在你跌破额头的分上，我会跟你开玩笑吗？刘井啊了一声，说原来没有，原来是这样。刘井出了一口长长的气，出了一口像公路那么长的气。她的双腿由硬变软，身体由站着变为坐着。

坐着的刘井突然听到远处传来救命的喊声。喊声像从发出喊声的地方伸过来的一条路，她沿着这条时断时续的路往前走，看见一个水库，水库上有几个人撑着竹排正在打捞什么。有几个人脱光衣服，在水面上浮起来又沉下去。他们说有一个小孩掉进水库了。刘井问他们是不是一个八到九岁的孩子？他们说是的。刘井说他是不是有这么高？刘井用手比画一下。他们说是的。刘井说那一定是我家的一定，一定哎，我来救你来了。刘井喊着准备往水库里跳。一个陌生的男人一把拉住她，说她不是你的孩子，她是我的女儿。你来凑什么热闹？刘井说掉下去的是你女儿？拉住她的人点了点头，眼睛红得像出了血。刘井说你的女儿掉进去了，你为什么不往里面跳？那个人好像是被刘井问得不好意思了，低头看自己的裤裆，两只手抱住后颈。

刘井坐到水库边，太阳正好出来。水面被太阳照得红红的，一个波浪就像一面镜子。刘井想太阳出来得真不是时候。那个拉过她的男人说我不知道她来这里干什么？这么早她来这里干什么？她如果不是专门来跳水库，她来这里干什么？在男人哭泣的伴奏下，刘井看见他们从红彤彤的水面捞起一个女孩。她的目光在这个女孩的脸上抹来抹去，一直抹了九遍，才把目光从女孩的脸上拿开。

16

汪警察踢了一下睡在门口的马男方,说我真的不想踢你,我一踢你我的皮鞋就像喝了酒一样。现在踢你,不,严格地说这不是踢,而是碰,现在碰你是因为不得不碰你。你带个口信给你老婆,前几天县公安局从外地解救了几个被拐卖的儿童,但是没有马一定。加速村一农户的儿子被拐卖后,自己出去寻找,也在前几天把儿子找了回来。可见你们的儿子并不是没有回到你们身边的可能,只是我们在寻找的同时,你们也想办法找一找。

刘井望了一眼天边,说可是我们去哪里去找他?我们去哪里找到找他的钱呢?坐在门口已两个多小时的刘井,坐在一块冷冰冰的石头上。她的皱纹像众多的蚂蚁瞬间爬满她的脸皮,那些皱纹又像是裂开的土地,现在正一点一点地裂着,并且发出喊喊喳喳的声音。她感到皮肤绷得像快要扯断的橡皮筋,皮肤已经不够用了。她像一只破裂的瓷碗,在碎片分开之前的几万万分之一秒内,勉强地凑合着。她的目光从她的眼眶里飞出,看着前面山梁上一排高矮不齐的树,那些树叶以及树叶上的纹路都像摆在眼前一样清清楚楚。她不太相信自己有这么好的眼力,于是用手揉揉眼睛。揉过之后,她的眼睛看得更远了,她看见山那边的一个村落,看见一条大河波浪宽,风吹稻花香两岸。那个村落就是加速村,她曾经到过那里,听马男方说那里的一个小孩失踪之后又找了回来。她想如果我的眼睛一直能看到城市,看到一定那该多好。

她绷紧眼皮,拼命地想往更远的地方看,但是她的目光像一支飞箭的末尾,被一排瓦檐挡住了去路,再也无法翻越那道屋梁。她的目光在屋梁上挣扎一阵,就倒下了,就像一个累坏了的长跑运动员倒在跑道上,心里不停地想跑,身体却没有力气让她再跑下去。那个屋顶是被拐卖的孩子家的屋顶,现在他们全家把孩子锁在卧室里,不让他乱说乱动,以免再次走失。

刘井把目光收回来,放到自己的脚尖。她的目光像一团火,烤着她的脚尖,她看见左脚的鞋子开了一个破洞,大脚指头伸出来,它的指甲慢慢变大,就像操场那么大。

这时木匠聂文广挑着他的工具往村外走,他又要外出做木工去了。聂文广走过刘井的身旁时说刘嫂,我听说城市里的人吃的都是黑色的馒头,他们没有肉吃,像狗一样天天啃食骨头。啃过一次的骨头他们舍不得丢,他们把骨头再次放到锅里熬,熬啊熬,他们一共熬了三次啃过三次,才舍得把骨头丢掉。他们个个脸色发黄,瘦得皮肤贴着骨头,眼窝深得像酒杯,走起路来像苇草,风一吹就倒。他们没有土地,所以他们比农村困难一百倍。他们每天要用一半的时间来睡觉,比你们家的马大哥还要懒惰。他们从来不洗澡不梳头,最可怕的是他们只有四个脚趾。聂文广也不管刘井听不听,相信不相信,他低着头一边说一边往前走,好像他刚从城市回来,他的说法千真万确不容置疑。

等聂文广走远了,刘井想马一定现在是不

是坐在一座天桥上，正在捡地上的骨头啃食？那些被别人丢掉的骨头，就像是被剥光树皮的树，已经没有什么东西可啃了，马一定捡起来又丢下去，不知道内情的人又把它捡起来。马一定明知道骨头没什么啃头，但还是啃着，这说明他实在是饿得不行了。马一定的眼睛还是眼睛，马一定的手还是手，它们都完整地保留在马一定的身上，只是比原先小了一圈。刘井想谣言不可信。刘井刚把谣言不可信想完，就出了一身冷汗，因为刚才她没有看见马一定膝盖以下的两只脚，马一定的脚被剁掉了，现在正坐在天桥上讨钱。他的面前放着一个纸盒，钱已经堆到了纸盒口，纸盒再也装不下钱，钱就落到桥面上。刘井一辈子都没见过那么多钱。有一个肥胖的女人，这是城市中唯一肥胖的女人，她躲在人群中监视马一定的工作。每当纸盒里的钱满得不能再满的时候，她就提着包跑过来把钱收走。马一定说我饿，你给我吃一个黑馒头吧。胖女人说少啰唆。马一定的眼睛就跟随胖女人走，他的舌头舔着干裂的嘴唇。一定，她怎么连一个馒头都不给你吃，你给她挣了那么多钱，她怎么连一个馒头都不给你？刘井闭上眼睛大喊一声，呜呜地哭了。刘井说马男方，我们还是把我们的牛卖了。马男方从屋子里冲出来，说为什么要把牛卖了？刘井说我们需要钱找一定。

17

刘井把卖牛所得的钱和跟别人借的钱堆在一起，推到兽医苟日的面前，说苟大哥，马一定就全拜托你了。刘井感到这一沓钱是那么的重，那么的真实可信，那么的可亲，它使拥有它的人一下子有了富裕的感觉。苟日用衣袖抹一抹沾满油花的嘴角，那个嘴角是刘井家的鸡肉给涂油的，它现在闪闪发光，比他身体的任何一个部位都光彩夺目，嘴角简直不是嘴角而是招牌。苟日用衣袖又抹了抹嘴角，说放心吧刘井，还有马男方，你们放心吧，马一定的事情就包在我的身上。你们的事也是我的事。你们也知道我在外边有熟人，你们只管放心地睡觉，放心地喝酒，等着我把马一定带回来吧。苟日把钱揣进衣兜里，马男方的嘴角咧开了一下，好像是得了牙痛。苟日揣好钱，按紧衣兜倒退着出门。他的头不停地点着，小心得像是他求刘井和马男方办事，而不是刘井和马男方求他办事。

等苟日退出大门，马男方就用手在刘井的大腿上狠狠地拧了一下，刘井发出一声尖叫。尖叫未毕，马男方又扇了刘井一个耳光。刘井说你怎么了？马男方竖起两个指头说，两千，那可是两千元啦，我一分都没有花，他就把它全拿走了。刘井说是你叫我拿给他的，你怎么打我？

马男方紧跟着苟日出了大门，他一直跟着他。苟日说你跟着我干什么？马男方只是笑。苟日走，他就走。苟日停，他也停。苟日说你到底要干什么？你说出来，你不要光笑，你一笑我的心里就没底。马男方说也没什么，只是，只是……苟日说只是什么？你说呀。苟日急得双脚在地上跺来跺去。马男方说只是,你一下子就拿走我们那么多钱,能不能给我一点回扣?我曾经割草喂过那头牛,卖牛的钱我也是有股份的。但为了找马一定,我一分钱都舍不得花,就全给了你。你把钱拿走时,你猜我怎么样了?苟日摇摇头。马男方说你刚把它揣在怀里,我的心就痛了一下。我想那么多钱被你拿走了,还不知道你找不找得到一定。我没留下几十元钱给我自己,实在是亏了。你能不能给我一点打酒喝,只一点点。苟日从口袋里抽出二十元递给马男方,说你要留钱为什么不在给我之前留下来?马男方说当时只想到要你去帮我们找儿子,没想到喝酒,能不能再给一点?苟日说你还找不找你的马一定?马男方说找,找。

　　马男方拿着二十元钱走回家里。他进门之后,又扇了刘井一个耳光。刘井说扇吧扇吧,现在不扇将来你就没机会了。只要一定一找回来,我就跟你离婚。

18

第二天早上,苟日出发了,他的肩上挎着兽医药箱。马男方说你是去找马一定,又不是去出诊,干吗挎着药箱?苟日打开药箱让马男方检查。马男方看见他的药箱里装满衣服和洗漱用具以及钱。在药箱的一角藏着一包避孕药,它使药箱成为名副其实的药箱。

苟日每到一个地方就给汪警察打一个电话,汪警察再把他的电话内容告诉马男方,马男方再转告刘井。苟日的电话内容如下:

我已到县城,你们放心。

我已到达柳州。

我已到广州,正在托亲戚熟人设法寻找马一定,估计不要几天就会有好消息告诉你们。

根据别人提供的线索,今天我到一所学校去看了一个被拐卖来的孩子。刚一看有点儿像马一定,但仔细一看……汪警察说苟日的电话突然断了。

但仔细一看,他长得一点儿也不像马一定。我很失望。

我不得不求别人,我送他们烟酒,请他们吃喝,钱已经全部花光了。但他们告诉了我一个好消息。

我已经知道马一定的下落。

马一定被拐卖到一个工人家庭。昨天我已悄悄观察了他们的家。估计要把马一定领走得花几万块钱。你们赶快筹钱,过两天我再告诉你们把钱汇到哪里。

这个晚上马男方没有回家,消息到此突然中断。刘井想他会回来的,说不定他得到了好消息,多喝了几杯;说不定一定已经找到,他去接他们去了。他总是很晚才回来,他会回来的。刘井觉得这个晚上过得很慢,村庄也比往日安静了几百倍,安静得连狗都不发出叫声。屋子外没有脚步走动,会走的似乎都死了。他会不会因为喝多了,栽倒在什么地方?他是不是已经栽死了。刘井愈想愈感到不对,好像哪里出了差错,不是一定就是马男方。她从床上爬起来，打着火把沿着通往乡政府的路找马男方。她一路喊着马男方的名字。她这样喊道：马男方你死了吗？你躲在什么地方？你快点儿出来。你别吓唬我。你是不是去别的村睡女人去了？你要死也等我们离婚之后再死，现在死了我可说不清楚。而且我们还要找一定，我需要你帮忙。刘井用这些喊声壮胆，一直喊到乡政府门口，也没发现马男方。刘井拍拍汪警察的门板，拍了很久都没有反应。隔壁的人被刘井的拍门声弄烦了，他们隔着窗玻璃大声喊道，拍，拍，你拍什么？死人了吗？你拍得那么响。姓汪的去县城去了，你拍得再响也没有人给你开门。

刘井又打着火把往家走，回到家时，天已经大亮。她坐在门口歇了一会儿，看着早起的人们下地的下地，干活的干活。她对着那些走过她面前的男人们说，你们谁给我找到一定，我就嫁给谁。有的年轻人对着她发笑，说你都结过婚了，谁还会要你。刘井说我和马男方很快就要离婚了。马男方不是一个好丈夫，你们看看他，一点也不关心我的感受，在这么关键的时刻，在一定就要找到的时刻，他不仅不把消息告诉我，而且还跑了，跑得连人影子都不见了。年轻人说你年纪太大，不适合我们。刘井说不结婚也可以，只要你们给我找到一定，你们爱怎么样就怎么样。有人说又能怎么样？说完大家就约好似的大笑。

笑声从刘井的耳边消失，人们渐次离开刘井。刘井想一定现在过得怎么样？苟日和马男方他们都在什么地方？他们为什么不把消息告诉我？刘井从石凳上站起来，突然发觉自己的眼睛又能往远处看了。她看见山梁上的树，看见加速村的屋顶，看见乡政府，看见长长的公路，看见县城旅馆里的一个房间。房间的窗口上遮着一张窗帘，窗帘之后隐约可见两个不穿衣服的男女。那个男的像是苟日。

刘井想进一步看清楚里面的情况，但她目力有限，没办法穿透那一层薄薄的窗帘。她踮起脚后跟，发现里面的情况清楚了许多。于是她搬来一张椅子。她站到椅子上，里面的情况全部袒露在她的眼前。她简直不想看，简直不忍看，简直愤怒到了极点。她说好个苟日的，你竟敢拿我的钱来包女人？你竟然没有去找一定？你竟然骗了我们？刘井紧紧地闭上眼睛，恨不得把苟日夹死在眼睛里。她闭了很久，估计苟日被夹死在眼睛里了才睁开眼睛。苟日消失了，县城消失了，她的目光正一点一点地缩回来。刘井想再往远处看，但是她什么也看不见，她只看见自己的脚尖。

19

两天之后的中午，马男方跑回家里。他没有看见刘井，便向邻居打听刘井的去向。邻居告诉他刘井到南山的稻田干活去了。马男方又跑了五里多路，来到南山的稻田。他看见刘井站在稻田里耘田，秧苗遮住了她的下半身。刘井说马男方你跑到什么地方去了，怎么现在才回来？马男方没有回答刘井，跑到田角伏下身子喝了几分钟的水。他喝水时发出的咕咚咕咚声，十分响亮。响亮之后，他从田角站起来，嘴巴张着，舌头吊着，像是大热天里的一只狗那样吊着舌头。站了一会，他说刘井，我们被苟日骗了。刘井说我已经知道了。马男方说你怎么知道？刘井说我看见了。马男方抹一把脸上的汗，发出一声冷笑，说不管你是怎么知道的，反正苟日骗我们是真的。我去了一趟县城，在街上碰见他了。他一看见我就跑，根本没有去广州帮我们找一定。刘井说他不仅没去广州，还用我们的钱养了一个女人。马男方说我们不能就这样被他骗了，我们要找他算账。刘井说怎么个算法？马男方说我们去把他家值钱的东西全搬了。

　　第二天上午，马男方和刘井来到苟日家。苟日的老婆杨花坐在门口，说你们谁想搬我家的东西，得先把我搬掉。说着，她从身后亮出一把斧头，斧头磨得十分锋利，上面可以照见人物和树木的影子。马男方和刘井谁也不敢靠前，他们和杨花对骂着，说一些陈谷子烂芝麻的往事，说你家会怎么怎么样，杨花你跟谁谁睡过……杨花说刘井你也不是好货，你想一想你的腿是怎么被你的丈夫烫伤的……架越吵越没有意思，他们只是为吵而吵。他们把太阳从东边吵到西边，谁也没有吃喝拉撒。

几个爬在树上看热闹的小孩突然大叫：马一定回来了。喊完，小孩全都从树上滑到地面，然后朝村头跑去。刘井说什么？他们说什么？杨花说马一定回来了，我们家苟日帮你把马一定找回来了，现在我看你们还有什么话说？你们用你们的手掌打你们自己的嘴巴吧。刘井和马男方呆呆地站在那里。杨花说打呀，快打呀。

汪警察把马一定送到家门口，全村的人都围了上来。他们像一个句号围着汪警察和马一定。刘井说这是真的吗？这是真的吗？刘井不停地用衣袖抹着眼泪，同时也腾出手来把马一定从头到脚摸了一遍。当她的手摸到马一定那双厚厚的鞋子时，她就把手停在了那双鞋子上。许多人都望着马一定的那双鞋子，它是那样的白，那样的厚实。刘井说一定，他们没有打你吧？他们是怎么找到你的？你想妈妈吗？他们没有从你的身上拿走什么吧？

刘井用她的右手掐了一下她的左手,她的嘴巴歪了一下,好像是感到痛了。她说这是真的。说完,她又捡起一块石头,狠狠地砸在自己的脚背上。石头刚一落下,她便惊叫,双手捧着被砸的脚背,用另一只没有受伤的脚在地上跳着,像金鸡独立。她跳了一会儿,把脚放下来,说这是真的,这真是真的。哈哈,这是真的。哈哈哈哈……刘井笑得喘不过气来了。

马男方问汪警察,马一定是苟日帮着找回来的吗?汪警察说什么苟日?是公安局找回来的,你在这上面签个字,说明我们已经把马一定送到家了。马男方说我不会写字。汪警察说按一个手印也行。马男方在汪警察的本子上按了一个手印。马男方按完手印,对着人群喊杨花,你听到了吗,马一定是公安局找回来的,不是苟日找回来的。苟日他骗了我们两千块钱。

20

马一定回来的这个下午,刘井高兴得搓着

手走进走出,不知道要干点儿什么。她见人就笑,笑过之后就说一定回来了。光这样说一说她还不过瘾,她说一定,我们到村子里走一走吧。她牵着一定的手,从张家走到李家,从李家走到赵家,从赵家走到聂家。她问一定,城市里的人是不是只有四个脚趾?没有,他们和我们一样,每一只脚都有五个脚趾,五个,知道吗?马一定举起五个手指说。刘井说我也不相信,是聂文广放的屁。

从在村子里串门开始,刘井的手一刻也没有离开马一定的手,她生怕马一定再走丢了。马一定说妈,我要撒尿。刘井说妈妈跟你去。马一定说我要玩泥巴。刘井说妈妈跟你玩。马一定说我想吃鸡肉。刘井说爸爸正在杀鸡。这一切都做过之后,刘井还是觉得没有高兴够。她说一定,今晚我们应该高兴,你最想做的事是什么?什么样的事能使你高兴?马一定说我想捉迷藏。刘井说那就捉迷藏吧。马一定和刘井开始在家里捉迷藏,他们躲在门角,藏在床铺下、被子中、水缸旁……到处都是他们的声音和跑动的身影。有一次,刘井怎么也找不到马一定。她说一定,你在哪里?你发出一点儿声音,要不然我不找你了。马一定叫了一声。刘井听到声音是从卧室里传出来的。但是她在卧室里转来转去,始终找不到马一定。她说马一定你躲在什么地方?你无论躲到什么地方,都逃不过我的眼睛,你给我出来,我看见你了,你在楼上,你在床铺底,你在尿桶边。不管刘井怎么喊马一定就是不出来。刘井也没有真的看见他,她只是虚张了一下声势。匆忙中刘井碰翻了一个酒瓶,马男方听到酒瓶破碎的声音,像刀子割他的心脏一样难受。他说你们别躲了,你们把我的酒瓶碰烂了,再躲下去我的酒瓶会被你们全部打烂的。一定,你再不出来,我就用鞭子抽你。马一定大叫一声,从米桶里跳出来,吓得刘井跌倒在地上。刘井说原来你躲在米桶里,我怎么没有想到呢?你赢了,一定,妈妈输了。

　　刘井和马一定从卧室走出来,看见马男方黑着脸,好像要下雨的天气。刘井说一定刚回来,今晚谁也不准生气，我们高兴过了，你也应该高兴高兴。马男方说一定你去给我拿酒来。马一定从卧室里拿出一瓶酒。马男方说一定过来，今晚我要跟你喝一杯。马男方真的灌了一小杯酒进马一定的嘴里。马一定不停地咳着，又把酒吐出来。马男方说可惜呀可惜，你怎么吐了出来，我有时想喝都没有。

21

马一定的那双鞋子慢慢地变黑了。一天，刘井带着马一定去南山第二次耘田。快走到南山时，马一定的鞋裂开了一个大大的口子，脚指头从裂口钻出来。他把裂开的鞋提在手里，一只脚穿着鞋一只脚光着，一只脚高一只脚低地往南山走。他看着那只破鞋想哭。刘井说晚上我给你补一补又可以穿了。马一定说补了就不好看了。马一定终于哭了起来。刘井说要不我再给你买一双，再穷也不能穷了你的这双鞋子。马一定说这种鞋这里根本没有卖。

马一定赤脚站在稻田里，秧苗遮住了他的身子。他只有秧苗那么高。他的裤子上沾满了稀泥。太阳像火一样烤着他们。马一定站在稻田里打瞌睡。刘井说一定，你困了就到树荫下睡一会。马一定把腿从稀泥里拔出来。他的腿上沾满厚厚的泥巴，像是一层脱不掉的铠甲。看着田坎上张开大口的鞋，马一定说妈妈，你还我鞋子，我要我的鞋子。刘井说哭什么哭，不是有一只鞋还是好的吗？马一定说我又不能只穿一只鞋，我要两只一样新的鞋子。刘井说你不是说我们这里没有这样的鞋卖吗。马一定说如果你不叫我来南山，那我的鞋子就不会走烂。刘井说一双鞋子不可能穿一辈子，它总会被穿烂的。马一定说我才不管穿不穿烂，我只要你还我的鞋子。说完，他开始往家里跑。刘井说你要去哪里？马一定说我要去找新鞋子，我要和你再见了。马一定愈跑愈快，一种不祥之感涌上刘井的心头。刘井想莫不是马一定又要离开我了？她从田里冲出来，追赶马一定。他们像两个在小路上赛跑的运动员，拼命地往前面跑着。但是，刘井很快就被马一定甩到了身后。刘井的脚绊到了一块石头，整个人摔倒在路上。刘井说一定，你给我回来。马一定站在远处回头看着刘井，看了一会，他扭头跑开了。他的脚上、腿上带着稻田里的泥巴，就像带着铠甲。刘井的嘴里发出老马一样的嘶鸣。

一定出走之后，刘井就躺到了床上。她已经这样躺了半个多月。夏天正在悄悄地过去。夏天的最后一场暴雨现在落在瓦片上，雨点穿过屋顶上的空隙滴下来，滴到刘井的下巴上、眼睛上。刘井怎么也想不到马一定会离开她。她的脑袋想痛了，还是想不清楚。她的目光透过瓦片上的大洞，看着雨水落下来的天上，怎么也想不清楚。她想屋顶上开了那么多的洞，好多地方已无法挡住雨水了，等身体好的时候，要到屋顶上去整一整那些滑落的瓦片。

刘井不知道现在是什么时候，一束阳光从屋顶的漏洞跑进来，打着她的脸，天不知道什么时候放晴了。刘井说马男方，现在天晴了，你爬上屋顶去整整那些瓦片，免得再下雨时，雨水淋坏我们的衣服和粮食。刘井没有听到马男方的声音,她想他也许已经跑到什么地方喝酒去了。刘井从床上爬起来,来到门口。太阳很明亮。她想天气怎么这么好?一点灰尘都没有。这么透明的天气,我能不能看到一定?

她伸长脖子,没有看见马一定。她踮起脚后跟也没看到马一定。她站到椅子上,仍然是看不见马一定。她找了一把梯子架到屋檐上。她想屋顶那么高,如果站在屋顶上,肯定能够看得更远一些,说不定能看到一定。她沿着梯子爬上去,站在屋顶上,由于阳光太强烈,她的眼睛一时半会还不太适应。她歪头看了一下太阳,觉得眼睛好了一些。她站在自家的屋顶上,感觉自己特别高大。她伸长脖子,拼命往远处望。她看见山梁上的树,看见加速村,看见乡政府、县城,看见长长的铁路,看见高高的楼房。她的目光愈拉愈长,看见马一定坐在一张好看的餐桌旁吃午饭。餐桌上摆满了鱼虾和洁白的米饭。马一定的身上穿着一件白得像白纸那样的衣服,脚下穿着一双白得像白纸那样的球鞋。刘井不相信这是真的,就用手在额头上搭了一个凉棚,仔细地看了又看,然后自言自语:真的,这是真的,他妈的马一定,你比我们还吃得好,穿得好。

刘井刚一说完,就感到脚下打飘。瓦片哗啦哗啦地往下滑,还没等反应过来,她就从屋顶摔下去。瓦片争先恐后地掉落,砸在她的头上、身上,她被掩埋在瓦片之中。她把头从瓦片里拱出来,头上鼓着一个大包。她说他竟然比我们还吃得好,穿得好,他竟然过着比我们还好的生活,真是岂有此理。

救命

1

孙畅回到六楼的时候,发现灰不溜丢的走廊比平时明亮。他以为路灯提前开了,眯起眼睛才看清,多余的明亮原来是那两个人衣服上的反光。他们站在铁门前,一个是警察,一个西装革履。真是蓬荜增辉!他们远远地伸出双手迎上来,让孙畅不得不怀疑自己走错了楼梯。

警察问:"你就是孙老师吧?"

"你们是……"

警察掏出证件,说:"我是派出所的。"

"那你们一定找错人了,我从来不敢惹派出所的。"

"哪里哪里,我们是来给你烧香磕头的。"西装革履说。

孙畅打开门,用手抹了一下沙发,示意他们坐。他们的腿都绷着,连弯一下的念头都没有,不像是上门找坐的。他们的脖子扭来扭去,目光从彩电挪到冰箱,再从冰箱移到卧室,好像在找什么值钱的物件。孙畅拿起茶壶,警察一把夺下,说:"没时间喝茶了,老郑你赶快说吧。"老郑就是那个西装革履,他把头从卧室的方向"嘎嘎"地扭过来,说他叫郑石油,自己的女朋友也是未婚妻,此刻就站在对面的楼顶上,随时都有可能飞下去。

"这和我有关系吗?"孙畅问。

警察说:"相当于她得了癌症,你来做个偏方,也许有效。"

"这年头真药都治不了病,你还信偏方?"

郑石油说:"她的面前就是你卧室的窗口,空中距离不超过十米。如果你能跟她搭上话,就能转移她的注意力。"

"你自己往窗口一站,注意力不就全部过来了吗?"孙畅说。

"不行。她说只要有人靠近,立即就往下栽。从中午到下午,四个多小时了,她的注意力一直很旺盛。"郑石油说。

"难道我就不是人?"

"这是你家的窗口,你爱怎么靠近就怎么靠近,谁也别想拿死来威胁你。"

"可是,我不认识她……从哪里说起呢?"

"就当你初恋,没话找话。万一卡壳,你就低头看我。拜托。"

郑石油庄严地鞠了一躬。孙畅顿时感到身体轻了,就像太空舱里的宇航员那样飘起来,也像水面的葫芦,怎么也按不下去。人家是往下跳,自己却往上飘,真没出息。他朝卧室走去,双腿严重发软,根本不听使唤。他说:"不是我不想救人,而是没这项本领。"

警察说:"别急,你先来个深呼吸。"

孙畅闭上眼睛,用力吸气,把整个肺部装得满满的,好像存了一柜子的钱,然后再一角一分地开支。就在肺里的空气快要放完的时候,他忽然发现了一道难题:"如果她不买我的账,一头撞向地面,谁来负这个责任?"

郑石油说:"当然不能由你来负。"

"那由谁负责?"

"我。谁也抢不走这份功劳。"郑石油拍拍胸膛。

"空口无凭,你还是写个字条吧。我这人胆小,怕猫就像怕老虎。"

"莱温斯基怀孕,赖不到你头上。人都站到楼边边了,还写什么字条?"

"老郑,我是认真的,别以为我想收藏你的书法。"

郑石油从包里掏出一张白纸,刷刷地写了一行,签上大名递过来。孙畅说:"还缺一枚公章。"

"孙老师,我是来救人的,不是来订合同

的，怎么会把公章带在身上？"

"难道你不明白有些人比公章还管用吗？"

郑石油把字条递给警察。警察说："想不到我在你们心目中，还有这么高的威信。"说着，他把名字刷刷地签了。孙畅接过字条揣上，用力地按了几下，顺便把夸张的心跳也按了下去。他好像重新找到了地球的引力，轻飘飘的身子有了重量。真幸运，他又会走路了。他走到卧室前，打开房门。郑石油立刻趴下，好像对面有一颗瞄准他的子弹。连窗帘都还没拉开，郑石油就急迫地趴下，足见他的一片诚意。孙畅朝窗口慢慢靠近。郑石油紧跟他的脚步爬行，一边爬一边说："如果她还活着，你千万别告诉她我曾经学过狗走路。"

"那你也不能告诉任何人，说我吓得裤衩都湿了。"

2

扒开窗帘一角，孙畅看见麦可可站在楼顶

的护栏上。她头发没乱,五官端正,好像不仅仅端正,还有几分媚气,看上去像个大学生。如果要给她写评语的话,应该是:该生着装整洁,勤洗手讲卫生,爱祖国爱劳动,有文艺细胞,喜欢唱歌跳舞,积极参加各项活动,如果再把鞋子穿上,那基本上就没什么缺点了……

"没消失吧?"缩在窗台下的郑石油轻声地问。

"但是,脚指头已经伸到护栏外面。"

"大慈大悲的孙老师,要是能把她救下来,我给你换套新房。"

孙畅拉开窗帘。麦可可警觉地抬头。孙畅说:"谁在挡我的视线?"麦可可面无表情。孙畅说:"原来是跳楼的呀,哪里跳不好,偏要到我的窗前来跳。"麦可可一动不动。孙畅说:"玩呀?"麦可可还是没反应。孙畅说:"还有没有别的选择?比如转过身,走下护栏。听到没?你妈喊你回家吃饭呢。"麦可可的眼皮微微一动。孙畅提高嗓门:"有人会想你的,不是父母,就是恋人……反正,在这世界上总会有一个人想你。他会一边哭一边喊你的名字。"

直到这时，麦可可的目光才有了焦点。孙畅说："这么高，真要砸下去会很疼。我从小就怕疼，一到打预防针就哭。你不怕疼吗？你不怕疼水泥地板还怕疼呢。"

两行泪滑出麦可可的眼眶。孙畅想不到这么快就有了效果，吓得都忘了说话。他屏住呼吸暗暗使劲，希望泪水在麦可可的脸上多停留哪怕一会儿，好像眼泪能把她挽留似的。尽管孙畅的拳头都捏痛了，但泪水还是没刹住，它毫不犹豫地从对方下巴滚落。孙畅说："年轻人，千万别着急，有什么困难我可以帮你，不一定非得摔成肉酱。"

"滚开！"麦可可终于开口。

"滚开容易，但我告诉你，人活着不仅仅是为了爱情……"

"那还能为什么？"

"理想、事业。小学生都懂。"

"每次都这么说，像唱卡拉 OK。别以为你换了身衣服，我就不知道你是警察。"

"为什么不是老师？难道你的老师不也是这么教你的吗？"

"老师干吗要管闲事？"麦可可明显不耐烦了，"你给我闪开，否则我立马就跳。"

"等等，即使你死，我也要让你死个明白。"

孙畅转身拉开床头柜，拿出一个纸袋回到窗边。麦可可的眼睛微微扩大，仿佛有了一点兴趣。孙畅从纸袋里掏出一本证件，说："你看好了，这是我的教师资格证。我是一名光荣的人民教师，不是什么警察。"麦可可闭上眼睛，好像是相信了，也好像是为跳楼准备情绪。孙畅赶紧掏出第二本证件，说："这是我的房产证。"麦可可的眼睛没打开，孙畅却把房产证打开了。他指着上面的姓名，说："确认一下吧，免得你把我当骗子。我这个人什么错误都有可能犯，唯独骗人这一条不会。这是正宗的房产证，请你高抬贵眼，只要你看一眼，再把眼睛闭到未来都没关系。我不是故意要跟你啰唆，我的嗓子在课堂上就已经疲倦了，疲倦了我之所以还要说，那是因为这是我的家，每天我都会站在这里看你背后的天空……"

麦可可似乎被"背后"提醒,忽然回头,看见楼门里没有任何动静才又把头扭过来。孙畅说:"妹子,请你另找个地方吧。否则,我这窗口就残废了。知道什么后果吗?将来只要一站在这里,我就会怀念你。"

麦可可向右转,两只光脚丫沿着护栏踩去,好几次,她的左脚有一半悬空。孙畅惊叫:"我是说着玩的,你还真跳呀?"麦可可的步子更加勤快,似乎要远远地避开窗口。孙畅说:"再往前走就面对大街了,你想死得安静点就回来。"麦可可一怔,转过身,摇摇晃晃地又来到窗前。她低头看了一眼,说:"我是踩过点的,别以为你是老师什么都懂。"

孙畅问:"能告诉我为什么想死吗?"

"不幸福。"

"为什么不幸福?"

"因为郑石油不跟我结婚。"

"不就是结婚吗?我让石油同意就是了。"

"吹牛。他怎么会听你的?"

"他……"孙畅结结巴巴地低头,看见躲在窗下的郑石油举着"学生"两字,立即抬起头来,"他是我的学生。"

"不可能。这个城市里叫石油的有好几十个呢。"

孙畅又看窗下。郑石油举起的稿纸上写着"建政路23号6栋"。孙畅报上地址。麦可可皱皱眉毛,说:"你真是他老师?"

"我……还是他的班主任。"

"你保证他能给我婚姻吗?"

孙畅低声重复麦可可的疑问。郑石油在稿纸上写下"保证"。孙畅一下有了底气:"保证。"

"如果你说不动他,我还会站到这里。"

"放心吧,我的学生都尊师重教。"

"他答应结婚、结婚,可就是不跟我去领证,三年了。"

"他要是再敢骗你,我叫全班同学一起声讨。必要时,我让他见报。"

"当真?"

"我连手心都湿了,像开玩笑吗?"

孙畅松开拳头，把两只手掌举到窗前，就像投降。麦可可看见他的掌心全是汗，仿佛刚刚下过一场雨。她终于相信他，一屁股坐到护栏上。两个警察从楼门冲出来，分别拉住她的左右手。她拐了拐胳膊，抗议："别碰。我有本事上来，就有本事下去，轮不到你们紧张。"

3

当麦可可和两名警察从对面楼门消失之后，孙畅才坐到床上。具体坐了多久，连他自己也不清楚，因为有一段时间，他的大脑里是空白，既没听到声音也没感觉到热。直到小玲拿着湿毛巾在他冒汗的额头连续擦了几把，他才回过神来，说："好好一个人，为什么会想死？"

"被人欺负呗。"

"……我没欺负你吧？"

小玲想了想，说："好像没有。"

"那我就放心了。"

他开始看小玲的头发，然后再看她的脸

和脖子,像打量陌生人那样由上往下打量。当他的目光移到小玲胸部时,小玲说:"干吗那么色?"

"我……怕你死。"

"我要是死了,谁给你和不网洗衣、煮饭?"

"所以,我们都得活着,千万千万不能跳楼。"

"神经病才会跳呢。"

孙畅一激灵,从床上跳了起来,说:"你这么一点拨,我就明白了。没准儿,她就是个神经病。只要一归结到神经病,多少事情都迎刃而解。"

当晚,孙畅吻了小玲。他已经好久没吻小玲了。小玲也不甘落后。两人都有了进一步亲热的愿望。结果他们一共来了三次。这是一个久违的次数,几乎是他们一周的指标。他们都很投入,也舍得花力气,尽管开着空调,脊背上却全是汗。因为汗水过多,他们都感到手滑,抓不稳对方。于是,他们的手指都掐进了对方的身体。但是,无论手指掐进去多深,他们都不觉得痛,反而提醒自己还活着,还有人陪着……这么折腾了一夜，他们都觉得幸福，甚至同情起麦可可和郑石油来。

被干扰的心情就这样平静下来。孙畅每天按时到中学讲课，小玲除了去妇产科上班，还负责接送孙不网。买菜、拖地板的事归孙畅，其余的归小玲。他们的生活又有了秩序，准确得就像秒针。几天之后，麦可可领着四个民工，把一台立式钢琴送到孙家门前。孙畅挡在门口，说："你这不是成心让我受贿吗？"

麦可可说："和一条命比起来，这钢琴只算一根毛。"

"那我也不能见毛就拔。"

"我和石油就要结婚了，你给个面子吧。"

"即使我想给你面子，这房间也不答应。"

"不会吧？这么大一个家，难道连架钢琴都摆不下？"

孙畅闪开。麦可可指挥四位民工抬起钢琴。钢琴避过门框，来到客厅中间，轻轻地落下，但只落了一半就落不下去了，因为茶几挡住了钢琴的一只脚。钢琴赶紧起来，调了一个方向，又往下落,一头却被电视柜卡住。钢琴又起来,移到窗下,贴着墙壁往下落,这一次短沙发挡住了它的去路。麦可可说:"小心,小心,快抬起来。"钢琴又慢慢地起来,刮掉了墙壁上不少的白灰,琴边有了一道白线。麦可可说:"孙老师,你们家也太小户型了。"

孙畅说:"买房的时候,我不知道你要送我钢琴,否则我就按揭一套80平米的。"

麦可可打量客厅,实在找不出钢琴那么大一块地盘。民工说:"老板,我们的手都麻了。"麦可可抽出凳子,把餐桌顶到墙上,总算腾出一块空地。钢琴擦着餐桌落下,把摆凳子的地方全占了。孙畅说:"如果琴声能当正餐,我就把餐桌扔出去。"

麦可可说:"让我再想想办法。"

孙畅说:"除非把琴竖起来。"

麦可可推开孙不网的卧室,说:"可以摆在这里面。"

孙畅说:"屁股那么大块空间,别浪费力气了。"

麦可可招手，示意民工把琴抬进来。民工没抬，而是拿了一把卷尺，先量钢琴，再量孙不网卧室的空余。横量竖量，空地就差那么五公分。麦可可说："现在我才明白，祖国其实一点儿也不辽阔。"

孙畅说："心意我领了，把琴抬走吧。"

麦可可不甘心，推开主卧室，叫民工用卷尺量窗下的空间。民工蹲下，量了长又量了宽，说："琴能摆下，但不能摆凳子。"

麦可可惊喜地说："可以坐在床上弹。"

"乱弹琴。摆那儿，会阻碍交通。"孙畅制止。

麦可可只当没听见，和四个民工一道把琴抬进来摆在窗下。琴刚落地，小玲就领着孙不网回来了。她拍着琴面说："问题是这个东西对我们没用。"

麦可可说："它能陶冶下一代的情操。"

小玲说："下一代已经学画画了，没时间再学这个。"

麦可可说："嫂子，请你一定相信，学过

或没学过琴的人，将来的素质绝对不一样。"

小玲说："就怕这琴只是个摆设。"

"抽空我来教他。"麦可可弯下腰，拍着孙不网的脸蛋，"你愿意跟阿姨学琴吗？"

孙不网摇头。小玲挥手叫民工把琴抬走。民工不响应。小玲抓起琴的一头，想抬起来，但抬不动，便扭头向孙畅求助。孙畅搓搓手，走过来一推。琴向房门滑去。麦可可说："本来我是想用钱来报答孙老师的，但是我怕你们笑我俗气，才想出这么个高雅的。这是我的一点儿心意，如果你们不收，那就是逼我送钱。"孙畅把琴停住。小玲说："妹子，我不是这个意思。这么贵的物品，我是怕它怀才不遇。"

"现在用不上，你敢保证将来用不上吗？有的东西即使没用，它也必须摆着。我这辈子从来不欠别人的，这次也不想欠。如果连感谢都没人领情，那我还有什么资格活着……"麦可可说得眼泪"叭叭"。

小玲把琴推回来，说："妹子，这琴我们收下啦。"

4

一天，孙畅正在教室里讲《拿来主义》，因为他把"网游"和当年外国人送来的鸦片进行了类比，学生们个个听得腰板挺直。忽然，有两个学生把头扭开。孙畅以为自己讲得不精彩，于是来了一句惊人的："要救将来之中国，必先禁现在之网游。"如此雷人的语言，也没把那两颗脑袋扳回来，反而让更多的脑袋扭了过去。孙畅没有跟风，也不呵斥，而是保持了一位优秀教师的冷静。他想继续用口才校正学生们逃跑的脑袋，但一时半会儿还想不出具有磁铁效应的句子，正在琢磨之际，有一学生喊："老师快跑，你女朋友找上门来啦。"

教室里不是一般的喧哗。孙畅再也装不成优秀，扭过头去，看见麦可可站在门口，其惊讶程度绝不亚于学生。他说："你……怎么来了？"

麦可可一字一句："姓、郑、的、跑、了。"

"啊！你们结婚的红包我都准备了，他不收彩礼啦？"

"骗子，"麦可可咬牙切齿，"你也是个骗子。"

孙畅四十来岁，活得也有些年头了，可他还是第一次听到有人咬着这两个字骂他，实在是不服气。他说："还不如骂我流氓更好听些。"

"没那么便宜，骗子就是骗子。"

"我到底是骗了你的钱或是骗了你的色？"

"你骗我不死！"

孙畅张开的嘴巴像卡了个乒乓球，久久没有合拢。他万万没想到茫茫骗海还有这么一个新骗种。麦可可说："本来我一心求死，可你偏要花言巧语，说什么保证他能给我婚姻。现在好了，婚姻跑外太空去了。"

"一点儿信用都不给，成心让人崩溃。"孙畅嘟哝着，不停地在走廊上踱步。窗玻璃后面贴满了学生们压扁的脸蛋。麦可可问："你知不知道他窝藏的地点？"孙畅说："连你都不知道，我怎么会知道？他又不是我的恋人。"

"骗我？"

"骗你是狗。"

学生们都笑了。只有孙畅的脸黑得像黑板，既严肃又认真，不是行骗的表情。"又是一只气球。早知会破，何必吹得那么大。"绝望的麦可可突然爬上走廊的护栏，身子外倾。孙畅伸手一捞，动作飞快也只扯下半截衣袖。学生们惊叫着跑出教室，趴在护栏上俯视。麦可可已经不会动了，甚至有可能已经没有呼吸，好像是砸在草地上的一个蜡像。孙畅从楼道里冲出来，保护现场，拨了医院的急救电话。十五分钟之后，救护车就"呜啦呜啦"地驶进校园。一副担架把麦可可抬进了车子。孙畅跟着钻了进去。

5

因为是右肩先着地，麦可可还有呼吸，但右膀子的骨头或折或碎，医生们用了十多个小时才将其复位，并把右膀子打上石膏。麦可可躺在床上"四不"：不吃不喝不说话，再加上不停地流泪。由于泪水绵绵，枕巾换了一块又一块。孙畅说："再这么哭下去，眼泪就要在床上发芽了。"

小玲手里的勺子装满鸡汤，朝麦可可的嘴巴靠近。麦可可的牙齿立刻咬紧。勺子微微一偏。小玲以为流质食物会像暴涨的河水，总有办法渗透防洪大堤，却没想到麦可可的牙齿不是豆腐渣工程，而是滴水不漏。鸡汤沿着嘴角流下，在脖子处与泪水交汇。小玲用纸巾擦着麦可可的脖子，说："傻丫头，就算是真傻，你也不应该为一个骗子去傻。他都背信弃义了，你还赔上一条命，值得吗？你又不是他养大的，干吗要把命给他？只有把命送给珍惜你的人，命才值钱。不珍惜你的人，即使你死了，那也像死一只蚂蚁，他连眼皮都不会跳一下。"

"可是……他答应过娶我。"麦可可轻轻地说，嘴唇微微颤抖。

孙畅接过话头："答应不等于事实。小时候，妈妈答应和我永不分离,可是去年,她还是死了。你说,我是不是也应该跳楼?"

"你不跳是因为你不在乎,你不爱她。"

孙畅被呛住,但马上反驳:"你越是爱他,就越不能死。"

"为什么?"

"因为你死了,他会伤心。"

"他要是懂得伤心,就不会人间蒸发。"

"所以……他不爱你。"

麦可可哭了。这是她跳楼之后第一次痛哭。小玲劝她别哭坏身子。孙畅用食指按住小玲的嘴巴。小玲收声,不停地往麦可可手里递纸巾,支持她哭个痛快。看着满地的纸巾,小玲鼻子发酸,泪水情不自禁地涌出。于是,她的两只手都忙了起来,一只给麦可可递纸巾,一只给自己抹泪。不知道是出于同情,或是勾起了某段伤心往事,她哭得比麦可可还伤心,好像全世界最可怜的人是她。两个女人相互感染,哭声此起彼伏。孙畅说:"够啦,再哭就把我也拖下水了。"

麦可可抽泣,说:"我不愿意怀念一个活人,还不如狗死跳蚤死。"

孙畅说:"你已经死过一次,知道为什么没死成吗?"

"楼……太矮了……"

"不是。是老天不让你死。"

"要是真有老天,它就应该把郑石油给我找回来。"

小玲插话:"只要你不想死,我们一定帮你找到石油。"

麦可可停止抽泣,像看见救命稻草那样看着小玲和孙畅。她说:"你们真的能帮我找到他吗?"

孙畅说:"他又不是空气,哪能说蒸发就蒸发了。"

麦可可说:"如果能找到他,我就不死。"

孙畅说:"相信我们,活着没错。"

麦可可抹了一把眼泪,说:"谢谢!"她终于懂得说"谢谢"了。

6

孙畅找到建政路23号6栋503室。他按门铃，门铃不响。他拍门，门不打开。邻居说这屋已经半月没人居住。他向物业打听房子的主人。物业说这房主不姓郑，是别人租给他住的。他不信，物业就把租金收据拿出来。白纸黑字，他想不信都难。

还有一条线索，就是那天陪郑石油上门的蒋警察。孙畅在110值班室找到他。他说那天的主题是救人，不是调查姓郑的。孙畅说："偏方已经失效，现在只有郑石油才是麦可可的速效救心丸。"蒋警察在内部网搜索，发现郑石油的身份证号是假的，也就是说他们认识的郑石油是个山寨版。蒋警察说："要找到这个人，恐怕比提拔你当校长还难。"

晚上，孙畅吃饭特别响，每一口都不让牙齿落空，好像嚼的不是黄瓜大蒜，而是不共戴天的仇人。这种特殊的声音持续了大约一刻钟，小玲说:"人家可是眼巴巴地等着消息。"孙畅忽然就不嚼了,问:"你有什么主意?"

"还需要主意吗?"

"你的意思是来真的?"

"难道你还想骗她?"

孙畅摇头,说:"多少好听的,都不如一刀断了她的念头,给她一个彻底根治。"

两人达成共识,都穿上正装,一本正经地来到病房,像大会合影的前排官员那样直直坐下,手掌分别按住膝盖。麦可可的眼睛一闪一闪,急于从他们的表情里找答案。大家都不开口,病房异常肃静。肃静啊肃静,孙畅终于忍不住,清了清嗓子,说:"小麦……这个……事情……啊……这个这个……啊……"孙畅"啊"了半天也没"啊"出个内容来。小玲用力掐了一下他的后腰。他一龇牙,说:"你掐什么掐?我这么说话是想给小麦一点儿思想准备。"麦可可的眼睛顿时停电。孙畅说:"你骂得对,他是个骗子。"

"人呢?"麦可可问。

"连警察都找不到他,他的名字是虚构的。"

"这么说,我是没机会扇他了?"

"除非他愿意挨扇。"

"可你们说过,能帮我找到他。"

"什么人都可以找,但一碰上骗子我们就眼瞎。"

"那你干吗要救我?"麦可可忽地大叫,吓得孙畅和小玲笔直的上身都往后闪。孙畅说:"我救你是因为生命比爱情重要。"

麦可可说:"我宁可不要命,也要爱情。"

小玲说:"生命只有一次,爱情可以重来。"

麦可可咆哮:"就是可以重来一千次,他也不能骗我。谁都不能骗我。你不是说他是你学生吗?现在怎么变骗子了?"

孙畅和小玲都咬紧嘴巴,生怕又用词不当。病房里再次肃静,只有门外往来的脚步声偶尔打破沉默。他们已经若干年没这样体会安静了,静得都可以听到自己小时候的哭声。好久好久,他们听到一声轻轻的"对不起",那是从麦可可的嘴里发出的。小玲说:"非常抱歉,我们的能力有限。"

"你们走吧,我没事了。"

孙畅说:"你挺得住吗?"

麦可可点点头。

孙畅说:"如果悲伤是挑担子,我们可以从你肩上接过来。可偏偏悲伤不是,只能靠你自己消化。"

麦可可忽然一笑,说:"放心吧,我不会自杀了。"

"你保证?"

"保证。"

孙畅和小玲分别跟麦可可拉钩之后,便离开了病房。因麦可可的忽然一笑,他们阴沉的心情像晒了太阳。看看时间已近凌晨,他们打了一辆出租车。两人都累,都没说话,但四只眼睛全落在计费器上。

快跳到 30 元的时候,孙畅忽然大叫:"司机,掉头。"

小玲吓了一跳,说:"你发神经病呀?"

司机掉过车头,问:"去哪儿?"

孙畅说:"回医院。"

出租车跑着回头路。孙畅说:"难道你不觉得她的那个笑有些诡异吗?"小玲说:"我也觉得勉强。"

"她是想把我们骗走。"

"可是孙畅,你不觉得累吗?也许,没你想得那么严重。"

"我有不祥之感。"

"也许,我们可以假装不知道。"

孙畅叫司机停车。他在犹豫是不是把车头又掉回去?小玲说:"当然,我只是说也许……"孙畅想了一下,说:"回不回医院?其实很好判断。"

"怎么判断?"

"万一今晚她真的出事,我们能不能一辈子假装不知道?"

"我装不了。"

"我也装不了……"

7

半夜时分,住院部的窗户有的白有的黑,整幢大楼的正面就像一盘竖起来的围棋。

麦可可的病房还亮着灯。孙畅和小玲来到窗前,看见麦可可躺在床上,都松了一口气,都怀疑自己是不是有点神经质?但是,就在他们即将转身的时候,孙畅发现了异样。他指着床底问:"小玲,那是什么?"

地板上聚积了一片黑色,有液体正从床板断断续续滴落。"不好啦!"孙畅叫唤着推开房门冲进去,掀开麦可可的被单。她的右手腕子已经被玻璃划破,鲜血正从伤口冒出来。小玲一手压住伤口,一手试探她的鼻息,说:"快叫医生。"孙畅摁亮呼叫灯,喊着"救命"冲出去。

很快,护士来了,医生也来了。一群白大褂把床围得水泄不通。有人量血压,有人套呼吸机,有人输血……正在听心脏的大夫说:"快不行啦，你们喊喊她，别让她睡过去了。"

小玲挤进来，趴在床头喊："可可，我是小玲，你醒醒……可可，你别急着走啊，傻妹子，我见过傻的，但没见过你这么傻的。你快醒醒呀，可可……你这么漂亮，这么好的年华，还怕没人爱你吗？你睁开眼睛看看，爱你的人都站在这里呢，可可……"喊着喊着，小玲泣不成声。

有人说："还怕没机会哭吗？快喊呀。"

小玲好像哑巴了，怎么喊都是抽泣。孙畅挤进来，喊："可可，你快醒醒……你说过你不会死的，你跟我们拉过钩下过保证，为什么我们一转身你就这样？可可，快醒醒呀……我们舍不得你。知道吗？你那一笑让我们高兴了好久。可可，你再笑笑，让哥和嫂子再看看……可可，快醒醒，别走啊……小玲……"

小玲哭着说："不是我，是可可。"

孙畅一愣，接着喊："可可，不就是郑石油吗？只要你醒，再难，我们也要把他找回来。你醒醒啊，可可……"

麦可可毫无反应，脸色苍白得就像一张白纸。有人在按她的胸部，有人在打强心针。那个听心脏的大夫急得汗水直冒。小玲喊："可可，快看，我们把郑石油给你找回来了。可可，快看呀，石油来了……"麦可可的嘴唇微微一抽。大夫说："加油！"现场忽然寂静，大家都在扭头寻找。大夫说："郑石油呢？快喊呀，再不喊就真没气了。"

孙畅喊："可可，我是石油。"

现场又热闹起来。所有的目光都落在孙畅的身上。大夫竖起大拇指。小玲一边哭一边点头。孙畅继续喊："可可，对不起……我没心没肺，活该抽筋剥皮，你扁我扁我吧，可可，你是用命来爱的人，我迟钝，我身在福中不知福，可可，我保证再也不躲你了，你别走，只要你不走，我就跟你结婚……"

"嚯……"麦可可终于呼出一口微弱的长气。她从死神的手里逃回来了。在场的每个人都像突然松了绑，身心俱弛，抹泪的抹泪，擦汗的擦汗……

8

孙畅第一次出错是在菜市,他已经转身走了几步,忽然被卖葱花的叫住:"喂,你是没领工资或是故意装蒜?"孙畅羞得满脸通红,赶紧回头补交了两元葱花钱。他想俺老孙买了十几年的菜,忘记交钱还是头一遭,偶然而已。第二次出错是在早餐店,他拿起一瓶豆浆就走,出门之后才发觉没付费。他想这还是一次偶然,原因是忙晕了。第三次出错是在医院的单车棚,他取车时不仅忘了交保管费,而且是第二天才想起没交。他想再不注意,恐怕偶然就变必然了。

这天放晚学,他从办公室里出来,在走廊拐了几个弯,忽然就听到一声闷响,眼前的玻璃"哗"地散落,脑海里有悠长的回声。他一摸前额,手上全是血,再看地板,都是玻璃碎渣。此刻,他才确信脑门刚刚跟玻璃打了一架。学生们围上来,问:"老师,要不要去医务室?"他说:"我没欠你们钱吧?"

他捂着额头来到妇产科,把伤口交给小玲。小玲一边帮他包扎一边说:"现在,你又欠学校一块玻璃。怎么老是欠呀?"

"都是紧张惹的祸。"

"又没做亏心事,有什么好紧张的?"

"难道你就不怕麦可可跟我们要人?"

"救命时说的话,还能当真?"

"我敢保证她醒来的第一句,就是问郑石油在哪里。"

"未必。也许她忘了。"

"不可能。不信你现在叫她打靶,枪枪都是十环。"

"几天时间,就是神仙也找不到那个骗子。"

"所以,我急得大脑都出汗了……"

"谁叫你冒充郑石油?活该!"

"我要是不冒充,你那话就接不下去。大道理你不讲,偏说什么郑石油回来了,活活把自己人逼进死角。"

"旁边不是还站着好多男人吗,你急着哭什么丧?"

"人家不是她的孝子贤孙。"

"那你是她的孝子喽?"

孙畅气得发抖。他说:"汪小玲呀汪小玲,想不到你说话也不讲良心。我冒充郑石油的时候,你不是点过头的吗?"

"畜生才点头。"

"点头的是畜生。"

"就你嘴巴狠。"

小玲一生气,把手里的胶布按到孙畅的嘴上。两片横着的红嘴唇,外加一条斜竖的白胶布,就像数学的不等号,映在对面的镜子里。孙畅被刺激,一把扯下贴在前额的纱布,露出流血的伤口。护士惊叫:"孙老师,会感染的。"孙畅的嘴唇挣扎,想说什么却说不出来。他用双手慢慢地撕嘴上的封条,面部肌肉颤抖了几十次才把嘴巴打开。透了一口气,他说:"凡是汪小玲摸过的纱布都有剧毒。"

小玲一转身,跳脚出门。孙畅冲着她背影说:"你跳得再高,我也没欠你钱。"说完,他把胶布递到护士面前,说:"你参考参考,谁家的老婆会用这种方式给老公拔胡须？"护士抬眼一看，几根粗壮的胡须粘在胶布上。

9

麦可可开口说话那天，孙畅和小玲都在床边。她说的第一句是"对不起"。这让孙畅忽然有了久违的轻松。小玲在与孙畅对视的瞬间，脸上甚至都有了赌赢的表情。但是，轻松的心情只保持了几秒，麦可可就说了第二句："郑石油在哪里？"

孙畅说："我去找过蒋警察，求他发通缉令。他说只有重要犯人才能享受通缉待遇。我说郑石油害得麦可可差点儿没命，难道还算不上重要？他说感情的事不归他们管。"

"这么说郑石油没回来？"

"后来，我去了一趟报社，请他们登了这个。"

孙畅掏出一张报纸举到麦可可的眼前。报纸一角印着郑石油的照片，旁边一行字："请告诉他的确切消息,有酬谢。"麦可可发了一会儿呆,说:"当时我就怀疑,可还是忍不住醒、醒了。"她抹着眼角,泪水眼看就要出来了。孙畅说:"寻人启事已贴到网上,我现在是24小时开机。"麦可可鼻子一抽,似乎把眼泪也一并抽了回去。她说:"你能把他拽回来吗?"

"有可能。他们用这种方法找到过失踪者。"

"那我就再等几天。"

"几天?抓个逃犯也没这么快,更何况我是业余的。"

"那要多久?"

"说不准。快的话十天半月,慢的话一年半载。你得有耐心。"

"谁能找到郑石油,我出十万元酬金。"

孙畅瞪大眼睛,接着斜视小玲,心里泛起一百个"不相信"。但麦可可马上说:"我不缺钱。"从表情判断,她不是开玩笑,她本来就不是个爱开玩笑的人。孙畅说:"有了这个数,找到郑石油的把握就更大,待会儿我在网上发布。"麦可可说:"拜托。"

小玲比画着，说："这么高一摞钞票，为一个骗子，你舍得？"

"除了不服这口气，我……我还真离不开他，"麦可可说，"大学一毕业，他就把我锁定了，给我买房买车，还给我存了一笔。他从不让我干活，连煮饭都请阿姨。除了他，我没有朋友没有亲人，甚至没有氧气。"

"你父母呢？"小玲问。

"相当于死了。我混得越惨就证明他们越正确。"

"为什么？"小玲说。

"因为我没考上名校，没考托福，没跟郑石油拜拜，没按他们的意思生活，他们就说这辈子不想见我。"

孙畅说："也许他们后悔了，正盼你回家。"

"你要是拉他们入股，我会死得更迅速。"

"不会。我不知道他们在哪儿。"孙畅说。

小玲问："可可，郑石油对你这么好，干吗要跑呀？"

"只有他知道。"

回到家，孙畅立即趴到电脑前。小玲问："你真有那么大本事？"孙畅飞快地敲着键盘，说："人肉搜索，一般都躲不过的。他是大活人，又不是空气。"小玲说："再没成绩，可可就不信我们了，准出人命。"孙畅说："就算是大海里捞针，也得捞……"他用力一回车，十万酬金的信息已贴到网上。

10

等待中的麦可可脸上出现红苹果色，皮肤恢复弹性，右手指伸缩自如，心跳和血压正常。她可以坐在床头上网了。孙畅把手提电脑掰开，摆在她面前，点出十几张照片。这都是渴望酬金的网友们发来的，每一张脸都是郑石油的模仿。其中有个女的，看长相看表情，说不跟郑石油来自同一基因都没人信。麦可可说："他是不是变性了？"孙畅说："即使变性也没这么快。据网友搜索，此人独女，不是郑石油的妹妹。"麦可可的眼神又一次调暗。

孙畅点了一下鼠标,说:"请看这张。"

麦可可抬高眼睫毛。照片上,一群白人站在纪念碑前默哀,周围散立残缺的水泥桩和铁丝网,右边的远处是一片树林和两间半颓的房。麦可可问:"什么意思?"孙畅说:"波兰的奥斯维辛集中营。纳粹在这里屠杀了上百万的犹太人、波兰人和吉普赛人。"

"太远了吧?"

"不远。"孙畅说着,把照片局部放大。两张黄色的脸从白人中间脱颖而出。麦可可惊叫:"是他。"

"你确定?"

"就是从焚尸炉里出来我也认得,"麦可可的呼吸变得急促,"狗屎,他不来悼念我,竟然去悼念外国人。"

"也许是旅游,也许移民了。"

"那还是够不着他。"

"只要他还活着,就有机会。导演波兰斯基躲了美国警方 30 多年的通缉,最近还是在瑞士被抓了。"

"等他 30 年？我可没那个耐心。"

"运气好的话，也许 30 天，也许 3 天就有消息。"

"旁边那女的是谁？"

"不知道。照片是一个摄影师发来的，他说一群白人中间就两个黄皮肤黑眼睛，所以印象深刻。但他跟他们只是偶然相遇，并不认识。"

"搜索那个女的，没准儿能找到郑石油。"

"网友们正在为十万元酬金加班呢……"

但是，一个星期了，那个女的还是没有被搜索出来，仿佛她是国家机密。孙畅、小玲和麦可可围住电脑，把她的头像放大，再放大，直到她的脸部出现粗大的颗粒。麦可可叫她"大灰狼"，她认为是大灰狼抢走了郑石油。小玲反对，因为大灰狼不够年轻，且漂亮程度不及麦可可一半，根本不具备抢走郑石油的实力。孙畅推测郑石油愿意跟一个半老徐娘私奔，唯一的可能就是她有钱。也许她是个富姐？麦可可说按这么推理，那郑石油给自己存的那笔，会不会就是大灰狼的？如果是，明天她就把钱统统烧掉。小玲阻止，说金钱无罪，有罪的是使钱的人，在没有确证之前，千万别亵渎钞票。孙畅猜测，没准儿大灰狼是郑石油的妻子。麦可可否认，她说自己至少审问过郑石油一百遍，他发誓没结过婚。

大灰狼变得越来越不确定。在他们三人的嘴里，有时她是婊子，有时她是权贵的女儿，有时她是通缉犯，有时她是导游……她就像一块橡皮泥，被他们捏成各种形状，而捏得最起劲的是麦可可。慢慢地，大灰狼什么职业、跟郑石油什么关系都不重要了。她只是他们说话的由头、放松的话题，是他们玩心理游戏的工具。在对她的猜测和污辱中，他们获得了快感和优越感。麦可可不止一次地嘲笑她，说她因为跨国卖淫，患了艾滋病，估计身体已经烂了。即便她没患艾滋病，谁又敢保证她没患癌症？即便她不患癌症，谁又敢保证她没贩毒？只要她贩毒，没准儿过海关的时候已经被擒，或者干脆在她逃跑的时候被乱枪射死。当然,被击毙的不止她一人,还有她的同伙郑石油。

看见麦可可笑了,孙畅想原来作践别人也是一种有益于健康的精神活动,此一活动放在麦可可的身上,那就是活下去的动力。

11

麦可可出院以后,非得请孙畅和小玲到她家里聚一次。她就住在对面楼房的五层。原来是准邻居,难怪那天她会站到对面的楼顶。这是一套三居室,地板是浅红色原木,刚打过蜡,亮得可以冒充镜子。黑色的真皮沙发,雕花的欧式原木餐桌。窗口挂着手绣的白色纱帘,配红色窗框。客厅的墙壁雪白,上面挂着十几张照片,有她青涩的高中,也有舞姿翩翩的大学。中间有一张照片倒挂,那是郑石油搂着她的开心合影。

他们给她带了一件礼物,是一根可以伸缩的钓鱼竿,外加一盒鱼饵。孙畅把钓鱼竿一节一节地拉长,直到钓鱼竿伸出窗外。麦可可问:"有这么大的鱼塘吗?"孙畅说:"你看你,一点也不了解郊区。"孙畅把鱼饵粘到钩子上,再把钩子甩出窗外,教麦可可如何握竿,怎么看动静,哪样收线。教练完毕,孙畅又把钓鱼竿一节一节地收回,他强调没有什么方式比钓鱼更能让人心情平静。

餐桌上的菜都是麦可可叫饭店送来的,有海参,有龙虾,还有南瓜羹什么的,唯一忘记叫送的是主食。她为这个疏忽犯难,最后眉头一皱,给每人泡了一碗方便面。她说她是吃方便面长大的,要是几天吃不到一口,背叛投敌的念头都会产生。席间,孙畅不时扭头看那张倒挂的照片。他问:"郑石油是做什么的?"麦可可说:"他说他做边贸生意。"

"你到过他办公室吗?"

"没有。"

"有没有他留下的名片?"

"没有。"

"也就是说,你只晓得进门后的郑,不知

道出门后的石油。"

"第一次没经验。可是,我也不能没生病就先吃药吧?"

孙畅闭嘴。但是吃了几口,他又问:"郑石油留没留下什么可疑物品?比如证件、笔记本和信用卡什么的……也许能从他留下的物品上找到更多的信息。"

"凡他碰过的我全都烧了。"

"为什么要烧?"

"祭奠死人的时候不都是烧吗?"

"他未必死了。"

"死了死了,"麦可可把墙壁上倒挂的照片摘下来,砸到地板上,"我说他死了就是死了。"

"你真不在乎他了?"

"不在乎。"

"也不怨恨?"

麦可可摇头,说:"如果他身边那个女的比我年轻、漂亮,也许我会嫉恨……女人都是这样,受不了别人比自己好,却能原谅别人比自己差。"

"这回，你算是真醒了。"

孙畅举杯。三只盛着红酒的杯子响响地碰在一起。

12

估计是方便面吃腻了，麦可可登门跟小玲学做饭菜。小玲从淘米开始一步步教她，直到把生米煮成熟饭，然后，又教她切菜、炒菜。麦可可很上瘾，三天两头就跑过来练厨艺。每次她都不会空着手来，有时提鸡肉有时提牛肉，有时提一大篮瓜果蔬菜。饭菜做好，她留下来一同品尝，听每个人对饭菜的评价。表面上是开学术会，实际上是混吃混喝。晚餐后，她教孙不网弹琴。

琴是她先前送来的，还摆在主卧室的窗前。小玲在床边铺一块布，麦可可和孙不网便坐到布上，从"哆来咪"开始学。随着时间推移，琴声从牛叫慢慢变成鸟鸣。每次授课完毕，麦可可会情不自禁地演奏《月光奏鸣曲》或《四只小天鹅》。

凡这样的曲子一起,孙畅和小玲不管在做什么,都会跑到卧室的门口,用崇敬的目光看,谦虚的耳朵听。此刻的麦可可上身像个贵族,手指像个舞蹈演员,神情专注,整体优雅。听的人陶醉了,弹的人也陶醉。孙畅和小玲经常提前鼓掌。显然,这样的曲子不是弹给学生听的,而是为了感谢家长的救命之恩。要知道她现在演奏的位置,就是当时孙畅对她喊话的地点。她的目光不可避免地会穿过窗户,落到对面的楼顶。那是她曾经差一点就跳下去的地方。

麦可可告辞,琴声仍厚厚地铺在床上。孙畅和小玲睡下时,能听见琴声从席子的气孔冒出来,像棉花一样把他们覆盖。有琴声铺床的夜晚,他们准会亲热一次,以至于他们亲热的次数,完全与麦可可演奏的次数相等。一天深夜,孙畅觉得脑袋里有点紧,就像在脑神经上铺了一层吸水纸,纸又干了的那种感觉。孙畅深呼吸,回忆郊区的鱼塘,想象山水树木和草香,暗示自己平静。但是,他越暗示脑神经就越绷得紧,仿佛拔河,一拉它就过来,一松它就过去,反正就是不能原地不动。孙畅碰了一下小玲,小玲翻过身来,速度飞快,眼睛是睁开的。原来她也没睡着。这时,他们才恍然大悟,麦可可已经好久没上门教琴了。他们也好久没过那种生活了。小玲说:"她总算把我们给忘了。"

"她在和过去告别呢。"孙畅说。

13

半年后,孙畅在教室上课。讲到一半,他发现后排坐着一位成熟的女生,细看,原来是麦可可。她头发染黄,发型改变,鼻梁上还多了一副黑框眼镜。孙畅假装没看见,但讲着讲着就跑题,只好提前宣布下课。学生们散去,孙畅走过来,说:"可可,我差点儿没把你认出来。"

麦可可低着头,说:"最近,有点儿,伤感,想找你说几句。"

"去钓鱼了吗?"孙畅坐到她对面。

"我把钓鱼竿砸水里了。"

"为什么？"

"我钓了一条鱼，把它摘下来放回去，然后又钓，钓到的还是那条。我又摘下来，把它放回去，还挪了钓鱼的位置，没想到钓起来的又是它。"

"只能说那条鱼喜欢美女。"

麦可可的脸上没有出现预期的笑容。孙畅赶紧把自己的笑容打住。麦可可说："所以我想，人生很无聊。就像钓鱼，钓来钓去就钓那一条，还是自己放回去的。"

孙畅说："有的人钓了一天，连个鱼影子都看不见，而你却能几次钓到同一条鱼，算是幸运。"

"别哄我了。"

"如果不是幸运，那就是幻觉。"

"你才幻觉。你说郑石油保证跟我结婚，你说你能找到郑石油，你说只要我不走就跟我结婚……你回车回车总回车，却没一条兑现。"

传来一阵哄笑。孙畅扭头，发现一群学生趴在窗外偷听。他挥手驱逐，学生们三三两两地走开。直到窗外没人,他才把头扭过来,说:"有的话是抱着希望说的,但不是每个希望都能实现。"

"那不就是说谎吗?"

"必须澄清,你奄奄一息那天,我是在替郑石油喊话。"

"可我没把你当郑石油。你的每句都拍在我脑门,一句一个包。我是听到你说跟我结婚才醒的。要是郑石油这么说我早气死了,谁还信他呀?"

"这么说我喊错了?"孙畅有些着急。

"没喊错,"麦可可停了一会儿,"你是个好人,所以我一直忍住不语,以为自己能消化,可还是消化不良……其实,我也在找理由哄我。我说挺住,没准儿哪天郑石油会在我面前双膝落地。我还说加油,一定要活着看见大灰狼和郑石油一起悲惨。但这些理由能哄小孩,却不能哄大人。我对他们没兴趣了,再也找不到活下去的理由了……"

孙畅滚动着眼珠子,似乎在帮她找理由。

忽然,他把眼珠子定住,说:"你该有份工作。人一忙,就没闲工夫想什么生死。"

"有个场地招跳舞的,我想去,可人家说要脱衣。"

"你不是会弹钢琴吗?可以做家庭老师。"

"我那水平也就蒙蒙你们,蒙不了别的家长。"

"可以学。你这么年轻,没你学不会的。"

"我讨厌考试。从小到大,我都考烦了。"

"总有一两件你不烦的吧?"

"有。"

"什么?"

"死。"

孙畅眉头一皱,说:"打住吧。也许你该去看看心理医生?"

"去了,他们说服不了我。你说,如果没有爱情,人为什么还要浪费粮食?不如让地球松口气。"

"你这么优秀的条件,还愁没人敲门?你完全有资格为爱情活着。这就是理由。"

"在网上Q了，没一个来电的。"

"眼角别太高，找个心好的吧。"

"就你这标准，高吗？"

"别拿哥开玩笑。"

"我是认真的，"麦可可盯住孙畅，"你要是不讲信用，我还得死一回。"

"那死的将会是我。"

孙畅一拍脑门，正好拍在那天撞破玻璃的伤口上。旧痛还在。

14

从校门出来，孙畅一路没捏刹车。他像即将分娩的产妇，用最短的时间赶到妇产科，把麦可可说的跟小玲全部吐了一遍。小玲气得胸腔一放一收，说："她一定是疯了。"孙畅问："你们医院一般用什么方法对付疯子？"小玲仿佛被针戳了一下，忽然有了主意。她带着孙畅去找精神科大夫。大夫听完他们长长的讲述，说："这样的病例，只能到康复医院强行治疗。"

小玲和孙畅都摇头,因为这不是他们的权力范围。他们唯一能做的就是惹不起躲得起。每天下班,他们都去不网的外婆家吃,到了深夜才悄悄回来。但是,他们回家的路线再也不是直的,而是从前楼绕过去,再从后楼绕过来,最大角度地回避那扇窗口。小玲再也不敢穿高跟鞋,生怕上楼的脚步惊动她。锁孔已经加了润滑油,开门时不会发出响声。进门之后,他们不开灯,也不开窗帘,摸黑洗完澡就上床睡觉。早晨,他们先透过猫眼看看楼道,发现确实没有可疑人物才出门,然后飞快地下楼,一路小跑而去,仿佛麦可可就在身后。

一天深夜,他们被门铃声惊醒。

孙畅一抽鼻子,说:"是她。"门铃响了一遍又一遍。孙畅把小玲紧紧地搂在怀里,好像魔鬼就要钻进来了。待门铃停息,他们轻轻地下床,摸到门后,把耳朵贴在门板上。他们听到麦可可在低声抽泣。她一边抽泣一边说:"我知道你们在家,你们是故意躲我。孙老师,小玲姐,开门呀……我又不是恐龙,你们干吗怕我？求求你们,让我进去。我不会给你们添麻烦,就想跟你们说说话……"

小玲凑到猫眼上,轻轻地说:"怪可怜的,让她进来吧?"

孙畅说:"你就不怕打开潘多拉的盒子?"

小玲把孙畅拉到猫眼上。孙畅看见麦可可手里抱着一大束鲜花。花束里没有玫瑰。他说:"也许这会儿她没疯。"

小玲亮灯,把铁门打开。麦可可欣喜地说:"小玲姐,孙老师,我想死你们了。"她擦着泪痕走进来,把鲜花插在花瓶里,像打量老朋友那样打量客厅。小玲说:"坐吧。"麦可可放松地落下去,在长沙发上弹了几下。孙畅和小玲分别坐在两边的短沙发上。麦可可说:"孙老师,那天我情绪不好,吓着你了吧?"小玲说:"他倒是没吓着,我差点儿吓得半死。"麦可可赶紧道歉。小玲说:"妹子,我们家的什么东西你都可以拿,唯独不能拐卖人口。"麦可可的脸刷地红了。她说:"对不起,我太急。"小玲说:"这事慢也不行。"麦可可说:"不是这个意思,我的急是指……"

小玲和孙畅都扭头看着她,急于知道她的意思是什么意思。她说:"像我这种刚刚被欺骗过的,本该一遭挨蛇咬十年怕草绳,好好地消停消停。我真的努力了,每天都在心里加一块超厚钢板,使劲儿地压住那些冒出来的泡泡。我曾经发誓把爱情扔进冰箱,让它冻起来,发誓别相信、别爱、别结婚。但是……我做不到。少一分钟没有爱情,我心里就发慌、害怕。我需要婚姻,而且是越快越好。你们……能帮我介绍一个吗?"

小玲说:"要找一个配得上你的,挺不容易。"

麦可可说:"我的条件不高,心好就行。"

"这年头,不缺帅哥,就缺好心眼。"

"那就找个次好的,反正我也想明白了,不是每个人都能找到最好。"

"我帮你打听打听吧,说好了,只是打听打听。"

"整个太阳系,就你俩对我好。"说完,

麦可可在小玲的脸上"叭"地亲了一口,惊得孙畅和小玲的眼珠子差点掉出来。

15

小玲在脑海里搜索她认识的未婚男子,范围从单位扩大到亲朋好友,结果发现没一个适合麦可可的。她问孙畅:"你们学校有没有合适的男老师?"孙畅说:"倒是有一个,但不敢介绍。"

"舍不得呀?"

"谁敢找个发神经病的?"

"她现在不是好了吗?趁她心情愉快,赶快找个男的填上去。万一她旧病复发,没准儿又要逼你还债。"

孙畅觉得小玲说的不是废话,就买了一瓶好酒,做了几个好菜,请匡老师到家里来交流。匡老师身高一米七几,五官摆得到位,虽然眼睛偏细鼻梁欠高,但小玲说:"外表没问题。"孙畅介绍,匡老师上政治,知道伊拉克什么方位有石油，懂得美国次贷危机的来龙去脉，还为巴以和谈写过信，出过主意。小玲说："才华没问题。"孙畅又介绍，每次为灾区捐款，匡老师都没落下。去年，他还给贫困学生买过蚊帐。小玲说："心眼没问题。"孙畅说，匡老师是演讲比赛的评委，好多观众表面上是去看比赛，实际上却是去听他点评。小玲说："口才没问题。"

匡老师干了一杯酒，问："那问题是什么？"

小玲说："女方太优秀。一般男人征服不了她。"

匡老师说："先认识认识吧，如果征服不了，就算体验生活，反正吃亏的不是男人。"

正在饮酒的孙畅突然噎住，像喉咙里卡了鱼刺那样翻起白眼。他用力吞咽，直到把酒顺下去，眼眶里的白眼仁才消失。他说："匡老师，我特别希望你有个严肃的态度，因为她太不一般了。"

匡老师问："怎么个不一般？"

孙畅说："她像思想家那样追问生命，像

校对员那样纠正错误,像商人那样认可合同,像季布那样一诺千金,像西施那样貌若天仙。如果你没有负责任的打算,那千万别跟她玩,否则准出大事。"

"既然你这么说,那我就来回真的。"

"好好地爱。爱能融化冰雪,催生万物。"孙畅语重心长,弄得比托孤还要悲壮。匡老师感动得眼圈发红。当他们干完那瓶白酒之后,匡老师就像电影里的"金刚"那样,"咚咚"地拍打着胸膛,说:"如果全人类的良心都烂了,那唯一不烂的就在这里。把她交给我,你们一万个放心。"

星期天,小玲和孙畅把匡老师带到麦可可的住处。小玲介绍麦可可。孙畅介绍匡老师。介绍完毕,麦可可第一句就问匡老师:"人为什么而活着?"匡老师回答:"爱情。"这个回答就像对上了暗号,立即让麦可可的眼睛熠熠生辉。匡老师从地球变暖谈到北极冰川,从广岛原子弹爆炸谈到伊拉克难民。他感叹地球没了指望,生命已无呵护,人要幸福地活下去,只能依靠爱情。为什么？因为爱情是痛苦生活的麻醉剂。听到此处，麦可可的眼睛不单是生辉，已然"嗖嗖"放电。

孙畅和小玲悄悄地退出去，轻轻地掩上门。他们一转身，就以离开爆炸现场的速度往楼下跑，好像跑得越快就越跟这件事情无关。就在即将跑出楼道时，小玲的脚闪了一下。孙畅赶紧把她扶住，避免了一场扭伤。小玲双手合拢，看着麦可可的那扇窗口，说："阿弥陀佛，但愿他们能成。"

孙畅也抬头看着，说："没想到好口才还能治病。"

16

寒假，孙畅带领全家到南边的海滩旅游。躺在海水里看天，他有一种空前绝后的轻松，仿佛刚刚还完房贷。但是，他立即就否定了这个比喻，觉得这种轻松不是用钱可以购买的，它不是经济问题，而是人生内容，比还完钱更高级，更形而上。有了这种心情，海水就变成深蓝，天空一尘不染，水温恰当宜人。小玲和孙不网的嬉闹声从附近传来，轻轻拍打他的耳根。他像一块糖那样浮着，漂着，尽情地舒展四肢，仿佛被融化了。

从水里起来，他觉得海滩上的沙子也比过去来时柔软。忽然，他在人群中看见一个熟悉的背影，追过去，果然是匡老师。两人都不是一般的惊讶，张开的大嘴似乎能把对方吞掉。匡老师问："你怎么会在这里？"

"我怎么就不能在这里？"孙畅说。

"太巧，太巧了。"

孙畅的目光在人群里搜索，问："一个人？"

"还有一个，在阳台上观察敌情。"

"啊……"孙畅眉开眼笑，"这么说你们谈得还算顺利？"

"你说她怎么就那么爱思考？动不动就问为什么。"

"平时我们没问你都抢答，现在有个爱问的，那不是瞌睡遇到枕头了吗？你本来就是个解答疑问的专家。"

"有点儿奇怪,"匡老师放眼茫茫大海,"也许,我能游过去。"

"拜托,一定要游过去,不管遇到多大的阻力。"

"试试吧。"

匡老师扎进水里,挥臂游去。孙畅一直目送他,直到他在海里变成了一个小黑点,才转过身来。小玲突然出现在他身后,问:"你看谁呀?"孙畅说:"匡老师。"

"他怎么来了?"

"来的不光是他。"

小玲张开的嘴巴丝毫不比匡老师的小。她说:"怎么像个影子?走到哪儿跟到哪儿,成心不让我们放松。"

"算了吧,人家接了那么大一个包袱,真正需要放松的是他,他们。"

第二天,孙畅就退房了。他们坐长途汽车回家,把大海让给了匡老师和麦可可。一路上,孙畅都在夸姓匡的,说他是个好人,有机会一定要报答。但是，孙畅只是学校里的普通一员，基本上没报答匡老师的机会。新学期，上级派人到学校搞民主测评，让全体教职工推荐一位副校长。孙畅想都没想，就把匡老师给推荐了。结果，匡老师只得一票，部分同事还以为是他自己推荐自己。

傍晚，孙畅在办公室里加班。匡老师大步走进来，一拍桌子，说："老孙，这恋爱没法谈了。"孙畅抬起头，问："什么情况？"

"你看看吧，"匡老师把上衣捞起来，"简直就像扒冬虫夏草。"

孙畅看见匡老师的背部、胸部全是纵横交错的爪印。他想到的第一个词就是"伤痕累累"。他问："你养宠物了？"匡老师把衣服砸下来，说："什么狗屁宠物？这都是女恐怖分子的杰作。"

"怎么会抓成这样？"

"电影看了，海水泡了，鲜花送了，甜言蜜语也灌了。但是，她竟然不让我碰她，还骂我耍流氓。"

"你是不是太急?"

"都两个月了!你说这年代,还有谁谈了两个月没身体碰撞的?老孙呀老孙,人家两分钟干成的事,我两个月都没干成,算是对得起你了吧?"

"纠正一个字,你对得起的是她,不是我。"

"别以为我看不出来,她爱的人姓孙。"

"不是爱。"

"不是爱她干吗要到海边去追你们?"

"在海边,不是巧合吗?"孙畅真的糊涂了。

"她坚决要去,义不容辞,可到了海边,连门都不出,每天就站在阳台,像个军事专家那样举起望远镜。开始我以为她在看地形,准备跟对面打仗。后来碰到你,我才知道她在找人。"

"怪不得那天你嘴巴张得比鲨鱼的还大。"孙畅忽地皱起眉头,"问题是,她怎么知道我的行踪?"

"不是你告诉她的吗?"

"我没事找事呀?躲都躲不及,就差移民

了。"孙畅提高嗓门。

匡老师的双手下压,不停地按着空气。他说:"你是不是在躲债?"

"算是吧。"孙畅忽然来了个低八度。

"所以,你们就想尽快把这笔债转到我的名下,也不管她正不正常,是不是神经病?"匡老师一边质问一边拍打桌子。

"我们以为……你能感化她。"

"丢你个老母。原来你们是拿我去堵枪眼,还讲不讲人权呀?"匡老师拍打桌子的手立刻变成拳头,朝孙畅挥去。孙畅的脸一歪,嘴角流出血来。他抹了一把嘴角,说:"你这么做,还怎么跟学生讲德育?"

"现在,我想跟他们讲决斗。"

匡老师气冲冲地走了。孙畅忽然对着墙壁咆哮:"那我的委屈呢,又该向谁发泄?我好心救命,凭什么还要添这么多烦恼?我又不欠谁,干吗跟我要婚姻?救命时说的话能算合同吗?如果这也算,那骂人的话就该当法律。你们,都把垃圾扔到我这只桶里,难道我就那么能装?告诉你们，我也想找个地方，把这口恶气吐出去……"

骂着骂着，他啐了一口唾沫。

17

孙畅问小玲："是不是你告诉麦可可的？"小玲说出发前两天，曾在小区里遇见过麦可可，因为没话找话，就问她愿不愿意去海边散心，没想到她竟然当真了。那绝对只是一句礼节性的邀请，无论从表情或者语调都判断得出来。孙畅一下瘫在床上，像被谁定格似的久久不动。小玲挠他的胳肢窝，他没一点儿反应。小玲又挠他的脚板心，他还是没动。他好像已经变成了一块床板。小玲俯身吻他。他推开小玲，说："难道你还看不出来吗？我被人爱上了。"

小玲把他从头到脚打量一遍，然后抓起一面镜子举到他面前。他看着镜子里的脸，说："原来是个帅哥，难怪那么抢手。"小玲把镜子贴近，给他一个大特写。他闭上眼睛。小玲说："为什么不看鼻头？不仔细还以为是大蒜。为什不看鬓角？年龄都被花白暴露。你也太把自己当人才了吧？"

"没准儿人家爱的就是人才？"孙畅闭着眼睛说。

小玲一撇嘴："别太自恋了，把你当人才的脑子都有问题。"

"难道我是自作多情？"孙畅仍然闭着眼睛。

"你本来就不应该打开这个病毒！"小玲忽然呐喊，把镜子砸到地板上。孙畅睁开眼，飞快地坐起。地板上全是镜子的碎片。小玲的脸黑下来。卧室里的空气搞得很紧张。窗外，天空乌云翻滚，就差一道晴天霹雳。孙畅把小玲揽在怀里，轻轻抚摸她的后背。手掌一上一下，他感受到了脊背轻轻的震颤。一滴泪从小玲的眼眶率先掉下，接着就是数不清的眼泪。她说："什么世道呀？连爱情都活偷活抢。早知如此，当初还不如不救她。她的命是命，难道别人的命就不是命了吗？就不怕我也会站到楼边边上去？有没有同情心呀？"

"其实，我们对她的生命完全可以不负任何责任。"

孙畅拉开床头柜抽屉，找出那份《保证书》递到小玲面前。《保证书》上写着："如果营救麦可可失败，责任不属于孙老师。"上面有日期，有郑石油和蒋警察的签名。小玲的泪水立刻止住。她三下两下，把淋湿的脸蛋打扫干净，揣着《保证书》跑出去。孙畅从卧室追出来，说："我去给你保驾护航。"

他们来到麦可可家。地板上像刚下了一场雪，全是照片的碎屑。孙畅和小玲踮起脚后跟走到沙发边坐下。他们发现茶几上还码着一摞新照，第一张就是麦可可与匡老师在海边的泳装合影。麦可可拿起照片，又撕了起来。照片上的匡老师和她都被肢解了，他们的脸和腿分别落在茶几的两边。小玲说："这么和谐的照片，你也舍得撕？"

麦可可撕得更起劲儿。她说："为什么性不能在婚姻之后？"

"没有谁规定在婚姻之前。"小玲说。

"那他为什么要逼我？他明知道我被男人骗过，为什么就不能等到结婚那天？他不是来爱我的，而是想吃免费午餐。"

小玲说："从免费开始，然后再为一生买单，这就是爱情。"

"那当初你和孙老师，也是从免费开始的吗？"

"我们那时，没现在这么开放。"

"我要的是爱情，又不是开放。他如果能像孙老师对你那样对我，那今天我就不至于坐在这里撕照片。他比不上孙老师的一个小指头。孙老师幽默，他油腔滑调；孙老师稳重，他放荡；孙老师喜欢谈精神，他却三句不离肉体……"

"孙老师再好，那也是别人的丈夫。"小玲打断她的对比。

"所以，我一直在拍脑袋，提醒自己不要拿孙老师当标准。可是，我把脑袋都拍痛了，还是做不到。"

小玲掏出那份《保证书》。麦可可接过去看。小玲说："孙老师只是个救命的，没能力再救你的爱情。他的任务已经完成,希望你别再干扰他。"麦可可把《保证书》甩到茶几上,说:"这是郑石油签的字,又不是我签的。"孙畅说:"谁签都一样。反正它能证明不是我主动要跟你套近乎。我没那么善良,也没闲心跟你练口才,都是被他们逼的。"麦可可指着《保证书》上那行字,说:"如果营救失败,你可以不负责任。问题是你没有营救失败呀。既然你没让我死成,那就必须负责到底。凡是你答应过的,都应该算口头合同吧。"

"你……"小玲气得扬起了巴掌。孙畅赶紧把她抱住。

18

孙畅在网上发帖,寻找愿意换居的户主。一星期之后,他在小玲上班的医院附近找到了一家。那是一幢老楼,外表虽然斑驳,但也可以说它历史悠久。楼梯尽管破旧,还堆满了杂物,但它能催人回忆。户主姓梅,梅花的梅,太有诗意了。房子在第三层,不用爬得上气不接下气。整套房子的面积比他家约小两平米,这的确是个差距,但可以用"小玲上班方便"来弥补。每个房间都有瓷砖破裂的现象,但也可以忽略不计,眼睛是用来读书的,谁会持久地盯住瓷砖不放?室内灰暗,一是采光不好,二是墙壁偏脏,但可以用"更换灯泡和重新刷墙"来解决以上难题。沙发是仿皮的,虽然脱了一层壳,但不影响坐姿,更不影响休息。橱柜的两扇门虽已歪斜,幸运的是燃气灶还能点火,抽油烟机尚能转动。孙畅在看房的过程中,就已经把自己给说服了。

当晚,孙畅让小玲在电脑上翻看那套房子的照片。由于他拍的大都是局部,所以小玲没发现房子的缺点,反而看到了阳台上的鲜花、客厅的吊灯、卧室的窗门和卫生间的瓷盆。把这些闪亮的镜头一综合,小玲得出结论:"房子不错。"孙畅立即举起两根手指,说:"面积比我们家还多两平米。"

小玲说:"为什么要换居?我可不想占人

家的便宜。"

孙畅指了指对面的楼房,说:"唯一的办法就是躲,否则她会把我俩也培养成疯子。"

"凭什么?我就不信合法的还怕非法的。过去让着她,那是怕她撞地板。现在她雄赳赳气昂昂,公开跟我抢老公了。我要是再不举起手术刀,她还以为我这个医生是假的。"

"不可能跟一个疯子讲逻辑。"

"什么疯子?我看她是装疯!"

小玲无意撤退。她给每个房间都换上了更亮的灯泡或灯管。只要在家,她就敞开屋门,把电视机的音量调到最大,既像宣示主权又是故意挑衅。孙畅每天回家的第一件事就是关门,接着是关电视,然后再关那些用不着的电灯。一天傍晚,孙畅刚把卧室的灯关掉,小玲立即跑过来把灯打开。两人一关一开,灯光忽亮忽熄,闪了几十下之后就再也不亮了。尽管卧室一片昏暗,但开关仍然"叭哒叭哒"地响着。两只手不断重复,只为按开关而按开关,完全忽略了天花板上的灯早已烧瞎。孙畅说:

"难道你不觉得我们的行为很像疯子吗?"小玲悬在开关上的手像遭电击,忽然停住。孙畅继续说:"发疯一定是在不知不觉中,就像今晚我们比赛按开关,就像那天,你一会儿挠我胳肢窝,一会儿砸镜子,一会儿哭,情绪一时数变。"

"我只是生气,我很正常。"小玲说。

"再正常也顶不住她的胡搅蛮缠,相信我,发疯也会传染。"

"那你的意思是我们还得当逃兵?"

孙畅在黑暗中点了点头。

他们开始利用茶余饭后的时间打包,书柜和衣柜慢慢被腾空。一星期下来,客厅里到处都是纸箱,有好几摞已经码到了天花板。夜深了,他们还蹲在纸箱中间捆着绑着。忽然,门铃响了。小玲警觉地说:"是她。"孙畅说:"别吭声。"两人又低头绑手里的纸箱。他们绑了一道又一道,直到把一卷绳子全部绑完。打结的时候,他们才发现纸箱已被绳子覆盖,就像草绳覆盖螃蟹,于是都笑了。门铃又响了一下。小玲起身开门。麦可可走进来,看了看零乱的客厅,说:"你们要搬家呀?"

孙畅说:"不、不是,是清理废旧物品。"

"你们家的废品真不简单。"

麦可可坐到纸箱上。小玲像盯贼似的一直盯着她。她似乎也感觉到了不友好的气氛,屁股还未坐稳又站起来。孙畅问:"有事吗?"她弱弱地说:"我是来跟你们告别的。"

"去哪儿?"孙畅有些惊讶。

"我爸已经签字,这辈子他就为我签了这一次。"

"是移民吗?"孙畅问。

麦可可摇头,说:"是去康乐医院。"

孙畅和小玲都有些意外,同时也有了几分轻松。孙畅说:"也许这是个明智的选择。"麦可可说:"我这么做,并不是因为我真的患了精神病。我想跳楼,是因为郑石油一直不跟我结婚;我割手腕子,是因为你们没帮我找到那个骗子;我跟你们要婚姻,那是因为孙老师曾经斩钉截铁地向我保证。我的所有要求其实都有根据。"

"那你干吗还要去康乐医院？"小玲问。

"因为我不忍心破坏你们的家庭。"

小玲说："这和我的家庭八竿子都打不着。"

"有因果的，"麦可可忽然激动，但立刻压低嗓门，"就算没关系吧，反正我已经决定去医院了。我这么决定，是不想再打扰你们。放心吧，我会好起来。你们，其实没必要搬走，何必弄得那么辛苦？"

孙畅说："看到你能控制情绪，我很高兴。"

"孙老师、小玲姐，除了你们，我没什么人值得告别。拜拜。"

麦可可转身走了。直到她的脚步声彻底消失，孙畅才把门轻轻关上。小玲说："她要是早点儿觉悟，我们就不用绑这么多纸箱了。"

19

生活平静了两个多月。孙畅和小玲基本不提麦可可。这天，一家三口坐在餐桌边共进午餐。他们的面前分别摆着：一盘每百克含蛋白质23.3克的鸡肉、一盘有生血功能的菠菜、一盘防癌的红薯，外加一碗解表散寒的香菜豆腐鱼头汤。正当他们吃得起劲的时候，邮递员给小玲送来了一封特快。她把特快打开，里面躺着一把钥匙，还有一封信。信是麦可可写的，她拜托小玲抽空帮她开开门窗，淋淋盆栽，让家里保持透气和生机。小玲被这份信任感动得鼻子发酸。

下午，小玲和孙畅打开了麦可可的家门。他们推开所有的窗户，让光线和空气进来。阳台上，盆栽全部都枯死了，一片灾后景象。小玲惋惜地说："没得救喽。"孙畅拿起花洒，往枯干的盆栽上淋水。他每淋完一壶，就会拈起盆里的泥土，放在手掌里搓搓，看看它们是否已经湿透。一盆淋透了，他才又淋下一盆。每次来给房间放风，孙畅都这么坚持着。小玲说："一个人不断地往枯死的盆栽上洒水，请问这是什么人？"

"疯子。"孙畅回答，"但是，也许它们

能活过来。"

孙畅淋了两个星期的水,一盆迷你蕨类盆栽由黄变绿,枝叶渐渐舒展,先后扬起。它竟然复活了!孙畅举起这盆唯一复活的植物,请示小玲:"我们是不是应该去看看她?"小玲说:"其实,我天天都在想她,只是不愿意相信而已。"

他们按照信上的地址,找到了康乐医院。医生告诉他们,麦可可不像一个病人,甚至连药都不用吃,大部分时间都在散步看书。医生让孙畅和小玲在接待室等着。不一会儿,麦可可推门而入。她惊喜地扑过来,同时搂住孙畅和小玲,说:"总算有人来看我了。"三人相互拍了拍肩膀,然后分别落座。麦可可的脸红扑扑的,眼睛里没有乌云。孙畅从包里掏出那盆蕨。麦可可双手捧接。她把鼻尖凑到叶子上,深深地吸了一口气,吸得蕨的枝叶都抖动起来。

小玲说:"妹子,该出院了吧?"

麦可可说:"我还不能完全克制,有些想法还不能从脑子里清除,比如,我为什么要活着？"

孙畅说："要弄清这个问题，恐怕你得在这里待一辈子。"

麦可可说："不想清楚，我就不敢出去。我一直认为，活着就是为了得到爱情。可是，医生们都给我的试卷打叉叉。他们说只为一件事而活，很容易走极端，也就是说假如这件事没办成，就会产生悲观情绪，甚至有轻生的念头。"

"那医生们有没有正确答案？"孙畅问。

"牛医生说，想活着就别想事，一想准得死。"

孙畅说："我不同意这个观点。"

"马医生说就像投资，不能只投股票，还必须分一点钱来投资楼市、黄金，甚至投资感情。这样一来，即使某个投资亏损了，别的投资还可以弥补。他说一个人要为自己多找几份活着的理由，就像多找几份兼职。只有这样心理才会平衡。"

孙畅说："我同意。活着的理由就是不为一个理由活着。"

"说得真好！"麦可可由衷地赞叹，"但是，要相信起来却不容易。如果哪天我能说服自己，真的相信这句话，那你们就可以来接我了。"

小玲说："到时我们租一辆高档轿车，像别人接新娘那样来接你。"

"谢谢！"

彼此又说了一会儿相互鼓励的话，孙畅和小玲就起身告辞。幸好他们还能赶上末班车。由于这是郊区，坐车的不是太多，小玲尚能靠着孙畅的肩膀。他们的身子随着汽车晃荡，似乎把刚才压抑的情绪也一同晃走了。小玲问："孙畅，你为什么而活着？"

孙畅说："为了你和孙不网能过上有尊严的生活。"

"其实这就是爱情，只不过附加了一个结晶。也许，麦可可的想法没错。"

孙畅反问："那你活着的理由是什么？"

小玲说:"为了给你和孙不网洗衣服、煮饭。"

"我们的理由都不崇高，和年少时的想法大不一样。"

"但是实用。"

"什么都讲实用,包括理想。你说,世界上还有多少人在问活着的理由?"

"不知道。也许有百分之五十的人会问,也许只有百分之十,也许就麦可可一个人。为什么问这个问题的人会发疯呢?"

"所以,牛医生的处方才是真高明,只是我不愿承认。"

汽车在他们的讨论声中"哐啷哐啷"地前行。他们很快就看见了城市的灯火。眨眼间,暮色就要降临。他们透过尾窗望去,康乐医院的上空还有一抹余光。余光里飘着一团棉絮似的云。

20

午睡的时候,孙畅做了一个梦。他梦见麦可可又站到了对面的楼顶,冲着窗口喊他的名字。他吓得当即坐了起来,发现小玲也跟着醒了。虽然不在梦里,他却还能听到梦里的声音:"孙畅,你要是再不给我婚姻,我就真的跳下去了。"

小玲飞箭似的扑向窗台,拉开窗帘。孙畅看见麦可可穿着病号服,怀抱那盆迷你蕨,站在对面楼顶的护栏上。她头发零乱,五官扭曲,正对着这边咆哮。原来是真的!时间仿佛被谁倒了回去。孙畅的脑袋"轰"地炸了。他像另一支箭射到窗口,喊:"非得跳吗?还有没有别的选择?"

麦可可说:"别像前次那样骗我,我已经不信你了。"

"想知道我们为什么而活着吗?"

"我只为爱情,别的理由都进不来。"

"因为我们随时可以死,所以才敢活着。"

麦可可一愣,仿佛被触动。孙畅说:"什么叫做随时?就像你拿着一个遥控器,主动权在你手里,想关就关,想开就开。既然你有主动权,为什么不可以把死先放一放?就像存钱那样先放在银行,存它个几十年的定期,不到万不得已绝不使用。"

"已经万不得已了。"麦可可轻轻一跺脚,

差点闪下去。

  孙畅说:"别着急,深呼吸,也许你可以先闻闻盆栽,也许我们可以先听听音乐。"说着,他拍响了钢琴。琴声节奏混乱,高低音不准,仿佛被手拤住,手松时声音流淌,手紧时声音断流,但勉强还能辨别它们改编自《月光奏鸣曲》。麦可可似乎在听。孙畅吃力地弹着,反反复复就那么一小段。麦可可忽然尖叫。孙畅说:"对不起,我没学过,我只能凭记忆,模仿你弹到这里。"

  "你在浪费时间。"麦可可说完,手一松,盆栽直直坠落。她的目光被盆栽牵引。她的身子也慢慢斜出了栏杆,仿佛要去追赶那盆蕨类。小玲吓出一声惊叫,说:"妹子,你别跳,我们可以给你婚姻。"

  麦可可倾斜的身子刹住,回调,重新垂直在栏杆上。孙畅看着小玲。小玲已泪流满面。麦可可抬头看过来。孙畅说:"听见了吗?只要你不死,我们就给你婚姻。"

  麦可可说:"你骗人。"

"要怎么做你才相信?"孙畅问。

"发誓。除非你们举手发誓。"

孙畅举起右手,说:"我发誓。"

"还有小玲姐。"

小玲把左手慢慢举起,轻轻地说:"我发誓。"

麦可可看着窗后两只庄严的手,犹豫了一会,才从栏杆上小心地爬下去,回到屋顶平台。小玲的双腿一软,身子歪斜。孙畅及时把她抱住,不停地叫着小玲小玲……他用手指探了探她的鼻孔,好像已经没有呼吸。他掐她的人中,为她做人工呼吸。她的嘴唇微微一抽,鼻孔里喷出一丝弱气。他的嘴唇没有离开,而是轻轻地吻了起来。她的嘴唇有了响应,舌头也动了。两张为了呼吸的嘴纵情狂吻,好像要把一生的吻全都用完。

21

夜深了,风有些冷。孙畅还伏在楼顶的栏杆上,看着对面的窗口。一共两个半星期,总计17.5天，窗门始终闭着，窗帘也不打开。但是，每当天黑，总会有光从窗帘的边边像水或像琴声那样漏出来。那些光非常非常暖和，把整个窗口烧热，甚至烧出了光芒。从这个角度看，他才发现窗口美得揪心。它有一股磁铁的力量，直接扯着他的心脏。每天晚上，他都会站在这个位置，这个麦可可曾经想跳楼的位置，持久地看着那扇窗口，经常会看到天亮。窗口像一张银幕，不断地闪现他过去的生活：他像投降那样举起两只出汗的手掌，他和小玲在床上翻来覆去，麦可可教孙不网弹琴，两个人在墙壁上比赛按开关……但是，他看见次数最多的画面，就是自己和小玲在窗框里肩并肩地举手宣誓，像一张永久的合影。那两只分别举起的庄严的手，仿佛就是人类最后的希望。

漆黑的身后传来脚步声。孙畅没有回头。脚步声越来越近。他仍然没动。一件大衣落在他的肩头，他的身子吓得一抖。

"回家吧，老公。"

这个声音比小玲的嗲，是麦可可发出来的。

图书在版编目（CIP）数据

目光愈拉愈长/东西著.-上海：上海文艺出版社.2017.6
（小文艺·口袋文库）
ISBN 978-7-5321-6254-3

Ⅰ.①目… Ⅱ.①东… Ⅲ.①中篇小说－小说集－中国－当代
Ⅳ.①I247.5

中国版本图书馆CIP数据核字（2017）第090602号

发 行 人：陈　征
出 版 人：谢　锦
责任编辑：于　晨
封面设计：钱　祯

书　　名：目光愈拉愈长
作　　者：东　西
出　　版：上海世纪出版集团　上海文艺出版社
地　　址：上海绍兴路7号　200020
发　　行：上海世纪出版股份有限公司发行中心
　　　　　上海福建中路193号　200001　www.ewen.co
印　　刷：山东临沂新华印刷物流集团有限责任公司
开　　本：760×1000　1/32
印　　张：5.125
插　　页：3
字　　数：64,000
印　　次：2017年6月第1版　2017年6月第1次印刷
Ｉ Ｓ Ｂ Ｎ：978-7-5321-6254-3/I.4988
定　　价：23.00元
告 读 者：如发现本书有质量问题请与印刷厂质量科联系　T:0539-2925888

—— 小文艺·口袋文库 ——

报告政府	韩少功
我胆小如鼠	余　华
无性伴侣	唐　颖
特蕾莎的流氓犯	陈　谦
荔荔	纳兰妙殊

二马路上的天使	李　洱
不过是垃圾	格　非
正当防卫	裘山山
夏朗的望远镜	张　楚
北地爱情	邵　丽

群众来信	苏　童
目光愈拉愈长	东　西
致无尽关系	孙惠芬
不准眨眼	石一枫
单身汉董进步	袁　远

请女人猜谜	孙甘露
伪证制造者	徐则臣
金链汉子之歌	曹　寇
腐败分子潘长水	李　唯
城市八卦	奚　榜

小说